Johannes Girmindl

Der Junggeselle

AF201035

[1]

Johannes Girmindl

Der Junggeselle

Erzählungen

autorenfoto: dylan whiting

Bibliographische Information der Deutschen Nationalbibliothek:

Die Deutsche Nationalbibliothek verzeichnet diese Publikation in der Deutschen Nationalbibliographie; detaillierte bibliographische Daten sind im Internet über http://dnb.dnb.de abrufbar

© 2017 Johannes Girmindl

Herstellung und Verlag: BoD – Books on Demand, Norderstedt

ISBN: 9783744833745

[4]

[5]

Das richtige Schuhwerk, eine Einleitung

„Der Muss is a großer Herr", hat die Oma immer gesagt. Obwohl die Oma wollte ja nie Oma genannt werden. Bei ihr musste das noch Großmutter heißen. „Oma is a Waschmittel", hats gsagt. Jetzt ist die Oma auch schon 16 Jahre tot. Sie liegt am Zentralfriedhof unter einem Deckel. In weiser Voraussicht hat sie damals geplant, dass sie lieber einen Deckel anstatt Blumen hat. Weil es kümmert sich ja niemand darum. Damit hat sie wohl gar nicht so unrecht gehabt. Der Zentralfriedhof liegt ja nicht zentral. Er liegt am südöstlichen Ende von Wien, in Simmering, dort wo ich einen Großteil meiner Kindheit verbracht habe, also nicht am Zentralfriedhof, sondern in Simmering. Ich kann mich noch genau an die Samstagvormittage erinnern. Kindergarten und Volksschule gleich. Nach der Frühmesse sind wir beide, die Mama und ich, auf der Simmeringer Hauptstraße einkaufen gewesen. Beim Gigerer zum Beispiel, dem Pferdefleischhacker. Ich bekam immer ein Grahamweckerl mit Pferdeleberkäse. Eigentlich wollte ich lieber eine Semmel, die Mama hat aber gemeint, Semmeln sind aus weißem Mehl und das ist nicht gesund. Deswegen das Grahamweckerl. Das Grahamweckerl verdankt seinen Namen dem amerikanischen Prediger Sylvester Graham, der im 19. Jahrhundert ein Brot aus Weizenvollkornschrot als Alternative zum üblichen Weißbrot entwickelte. Somit heißt es eigentlich „grähäm" Der Gigerer hat damals übrigens noch die Krone zum einwickeln seiner Wurstwaren verwendet. Manchmal konnte man dann auf der Extra lesen, was sich alles so getan hatte. Da wären wieder bei der Oma. Die hatte ja die Krone auf dem Häusl,

[7]

als Papier. Wahrscheinlich fürs Grobe. Und wenn gerade kein Artikel drinnen war, den sie der Mama ausgeschnitten und dann mitgebracht hatte. Also irgendwas Arges wieder, das ich damals aber noch nicht wissen durfte. Sie hat da immer sehr geheim getan, wenn sie wieder schlechte Nachrichten verbreiten wollte. Telefonisch hat sie das auch gemacht. Man muss sich das so vorstellen; das Telefon klingelt, Vierteltelefon, die Oma ist dran und erklärt, dass es Zeit ist, sich einen Vorrat zuzulegen, denn der Krieg steht ja vor der Tür. „Alle dreißig Jahre ist Krieg" war ihre Devise. In den Achtzigern hat er dann aber schon auf sich warten lassen, der Krieg. Aber die Oma hatte, als sie dann gestorben ist, in ihrem Vorzimmer auf dem kleinen Kastl, in dem der Papa irgendwelches Zeugs drinnen gehabt hat, immer noch ihren Vorrat gehabt. Manches davon war aber schon in den Siebzigern abgelaufen. Auf jeden Fall war die Oma konsequent. Ich bin da nicht so konsequent. Obwohl, das mit dem Vorrat, hab ich offensichtlich vererbt bekommen. Genauso wie die Zweihunderttausend Schilling damals. Die Oma hat mir, es muss ein Ostersonntag gewesen sein, zwei Sparbücher gegeben, weil sie meinte, es wäre besser jetzt, als wenn sie erst tot sei. Nun, was macht man in diesem Alter, als Glaserlehrling mit so viel Geld; einen Schmarren, also ich zumindest. Hab mir ein paar Gitarren und solche Dinge zugelegt, der Rest verschwand in irgendwelchen Toiletten oder ging in Rauch auf. Was solls, gegessen. Die Glaserei erinnert mich immer wieder an meine Schuhe. Oder umgekehrt. Sind die Solen von meinen Schuhen kaputt, erinnere ich mich an die Glaserei. Da waren die Schuhe grundsätzlich durchgelatscht. Lag vielleicht auch an der Beanspruchung, ganz sicher sogar, was aber nervig war. Wir waren ja bei jedem Wetter im Einsatz, und wenns regnet und die Socken schon waschelnass sind, dann ist das nicht lustig, in so einem Zustand den restlichen Tag in der Kälte zu verbringen. Und ganz egal welche Schuhe ich mir auch gekauft habe, nach kürzester Zeit zeigten alle dieselben Symptome. Woran das wohl gelegen hat, keine Ahnung. Aber mittlerweile auch egal. Was ich aber mitunter zum Thema beitragen kann, ist, dass es Schuhe gibt, bei denen kommt das Wasser von und solche, bei denen es oben hineinregnet. Klar, man kann schon imprägnieren, das hilft oftmals aber nur bedingt. Und man muss daran denken. In der Früh, im morgendlichen Stress, geht sich das sowieso nicht aus und beim Heimkommen, hat man wieder andere Dinge im Kopf; es ist ein ewiges Kreuz mit dem Schuhwerk. Ebenso wie die Sache mit den Frikadellen. Wir hatten damals ja nur FS1 und FS2. Kabelfernsehen oder so etwas gabs bei uns nicht. Darüber bin ich im Nachhinein natürlich froh, alleine schon der Sprache wegen. Und ich gebs ehrlich zu, für mich sind Frikadellen immer noch Fische. Ich meine, alleine schon phonetisch, das ist doch im Leben kein Faschiertes. (Ebenso wie Anchovis, in meinen Ohren klingt das total nach Gemüse, geht in Richtung Melanzani, ist aber etwas kleiner und schrumpeliger.) Frikadellen sind ein wenig größer als Sardinen und man isst sie geräuchert, ist doch logisch, oder. Wenn sie wissen, was ich meine. Die passen übrigens wahnsinnig gut zu gedämpften Erdäpfeln. Und gedämpfte Erdäpfel verbinde ich ja auch mit meiner Kindheit und mit AMC-Geschirr. Wers halt kennt. Ich glaub das war damals recht modern. Da hatten die Deckel eine eigene Anzeige, die ich nie wirklich durchschaut habe. Die Mama hat mit dem AMC-Geschirr gekocht. Da gabs auch mal so eine AMC-Party bei uns im Haus, wie diese Tupperpartys, nur halt fürs Kochen. Und ich muss ehrlich sagen, hat alles funktioniert. Das Wasser im Topf ist immer heiß geworden, angebrannt ist im AMC-Geschirr auch alles ganz wunderbar, kann man also nix sagen. Es war halt teurer, drum stand ja auch AMC drauf und es gab diese Anzeige auf dem Deckel. Ich hab kein AMC-Geschirr. Ich weiß auch nicht, wohin das AMC-Geschirr von der Mama gekommen ist, wie sie gestorben ist. Wahrscheinlich hats irgendjemand beim Altwarentandler gekauft und kocht sich grad gedämpfte Erdäpfel. So schließt sich der Kreis, wie immer, und wir können mit unseren zwölf Geschichten beginnen, deswegen sind wir ja hier, oder?

Winter

Thelonius Monk	*Underground, 1968*
Bobby Darin	Bobby Darin, 1972
	1936-1973, 1974
Miles Davies	*Kind of blue, 1959*
Robbie McIntosh	*Emotional bends, 1998*
Queen	*Innuendo, 1991*
David Bowie	*Hunky Dory, 1971*
	Scary Monsters, 1980
	Earthling, 1997
Chris Rea	*Return oft he Hofner Bluenotes, 2008*
Nits	*In the Dutch Mountains, 1987*
	Giant normal dwarf, 1990
	dA dA dA, 1994
	1974, 2003
Marcy Playground	*Marcy Playground, 1997*
Paul McCartney	*Off the ground, 1993*
Tom Petty & the Heartbreakers	*The last DJ, 2002*

[11]

1 – Der Junggeselle

Beim Aufstehen hatte er keinerlei Beschwerden. Die Nacht war angenehm und ruhig gewesen, er hatte sie regelrecht verschlafen. Nachdem er seine morgendliche Dusche genommen hatte, stand er vorm Waschbecken und suchte nach seiner Zahnbürste, die neben ihm am Boden lag. Der Spiegel war beschlagen, sodass er, anstatt seines Gesichtes, nur die Spuren seiner Zahnreinigungsaktivitäten ausmachen konnte. Weiße Punkte auf blassgrauem Untergrund. Er wusste genau, dass er den Spiegel nicht abwischen durfte, das hinterließ, egal wie ordentlich er arbeitete, Spuren in Form von Schlieren. Er öffnete das Fenster um die überschüssige Feuchtigkeit in der Luft abziehen zu lassen. Nachdem er sich angekleidet, sich vor dem, mittlerweile entschlagenem Spiegel rasiert und frisiert hatte, ging er in die zu kleine Küche und schaltete seine Kaffeemaschine ein. Es war ein Hochzeitsgeschenk seiner Frau gewesen. Zumindest war sie damals seine Frau gewesen. Müsste er das Gerät, nach der Scheidung, nicht wieder retournieren? Gedanken am Morgen waren unkonventionell, genauso wie er selbst. Das Mahlwerk gehorchte und tat seine Arbeit unter einer gewissen Anstrengung. Kurz darauf rann die dunkelbraune Flüssigkeit, einen gewissen Duft verbreitend aus dem dafür gefertigten Ventil. Etwas Kondensmilch, ein halber Löffel Zucker, unraffiniert und ein, zwei Zigaretten. Daraus bestand sein Frühstück. Zum Rauchen hatte er, nach vielen Jahren des Gelegenheitsrauchens, kurz vor der Trennung von seiner Frau wieder begonnen. Man sieht die Dinge zwar nicht kommen, aber man spürt es schon

[13]

vorher, mitunter Jahre im Vorhinein. Jetzt setze er sich auf die Bank, rührte kurz in der schwarzen Tasse um, legte den Löffel bei Seite und nahm den ersten Schluck. Dann stellte er die Tasse wieder zurück, nahm sich eine Zigarette aus der fast leeren Packung und zündete sich diese an. Die ersten drei Züge waren die besten, danach war alles nur noch Routine. Mit dem Zeigefinger seiner linken Hand fuhr er sich in das dazugehörige Ohr und rüttelte ein wenig. Es musste noch etwas Wasser im Gehörgang sein. Nachdem er sein morgendliches Ritual hinter sich gebracht hatte, stand er auf, brachte seine leere Tasse in die Küche und füllte seine Arbeitstasche mit jenen Dingen, die er ihr jeden Abend entnahm. Telefon, Zigaretten, mitunter die Geldbörse. Dann ging er ins Vorzimmer, schloss die Türe hinter sich und kleidete sich an. Nachdem hinter ihm die Eingangstüre ins Schloss gefallen war herrschte absolute Ruhe in seinen vier Wänden.

Als er am Abend seine Wohnungstüre wieder aufschloss, heimkam nach einem fordernden Arbeitstag, seine Jacke ablegte, Zigaretten und Telefon aus seiner Tasche nahm und auf seinen kleinen Küchentisch legte, hatte er eigentlich nur noch das abendliche Fernsehprogramm vor sich. Sein erster Weg führte ihn zum Kühlschrank. Er hatte noch zwei Flaschen Bier im dazu gewidmeten Fach, etwas Käse, ein halbes Stück Speck und die eine oder andere, sauer eingelegte Frucht. Er entschied sich für scharfe Kirschpfefferoni, stellte alles auf ein Tablett, dazu Brot, ein Messer und ein Glas. Damit begab er sich in das angeschlossene Wohnzimmer, stellte es auf den Tisch neben der Couch und griff nach der Fernbedienung. Bei einer Informationssendung über Zuckerrohranbau auf Kuba blieb er hängen. Nachdem er wieder seine Küche aufgesucht hatte, um eine der beiden

Bierflaschen zu holen, öffnete er selbige, schenkte sich das Glas geduldig ein und trank erst einmal einige Schlucke. Dann machte er sich daran vom Brot eine Scheibe abzuschneiden, dazu je ein Stück Käse beziehungsweise Speck. Danach fischte er eine Handvoll Pfefferoni aus der sauren Lake, ließ sie abtropfen, kappte den Stängel einer Frucht, drückte das Wasser aus dem Inneren und steckte sie sich in den Mund. Er musste bei scharfen Speisen immer etwas vorsichtig sein. Im Mund vertrug er die Schärfe, nahm er aber zu viel davon zu sich, reagierte sein Magen beleidigt und er der nächste Morgen begann mit Krämpfen und einer längeren Defäkierung. Das Problem war ihm während des Essens zwar bewusst, jedoch hielt er sich nicht an seine eigene, durch Erfahrung erarbeitete Richtlinie.

Er wachte um kurz nach zwei Uhr auf. Die Dokumentation über Kuba war lange schon zu Ende gewesen, danach stand ein englischer Kriminalfilm auf dem Programm, von dem hatte er gerade noch den Anfang mitbekommen. Das Bier in Verbindung mit seinem kargen Nachtmahl hatte seine volle Wirkung entfaltet und ihn einschlafen lassen. Er setzte sich auf und überlegte. Sollte er jetzt noch in sein Bett gehen oder gleich den Rest der Nacht hier verschlafen? Es wäre nicht das erste Mal gewesen. Er entschied sich aber dagegen, denn ein Verweilen auf seiner Couch, führte lediglich dazu, dass seine Hemmschwelle, bezüglich Nächtigung im Wohnzimmer, sinken würde und er wohl auch die nächsten Abende sich nicht auf den Weg in sein Schlafzimmer machen würde. Er schaltete sein Fernsehgerät ab und ging zwei Türen weiter um sich auszuziehen und hinzulegen. Der Wecker würde in ein paar Stunden wieder läuten, ihn aus seinem sanften Schlummer reißen und er, schlaftrunken, seine müden Augen öffnen.

[15]

Am nächsten Morgen fühlte er sich wie gerädert. War es die Zeit im Wohnzimmer gewesen oder hatte er danach einen unruhigen Schlaf gehabt, er konnte es nicht bestimmt sagen. Er vollzog seine Morgenroutine, denselben Ablauf wie an jedem Arbeitstag. Beim Zähneputzen verspürte er in seinem rechten Ohr ein kleines Kitzeln. Er versuchte mit seinem rechten Zeigefinger den Gehörgang zu beruhigen, bohrte darin herum, doch das ungewohnte Gefühl, als würde sich darin etwas befinden, ließ sich nicht entfernen. Es musste wohl, hartnäckig, seinesgleichen suchend, immer noch der Tropfen Wasser, der gestrigen Morgendusche, in den Untiefen zwischen Trommelfell und benachbarter eustachischer Röhre, sitzen. Das Verlassen der Wohnung ging ebenso routiniert vor sich, wie all die Tage zuvor, bis auf den, mittlerweile merkbaren Wermutstropfen in seinem Ohr. Vielleicht sollte er den Arzt seines Vertrauens aufsuchen, aber wann. Wenn er seinen Dienst beendet hatte, war die Ordination längst geschlossen. Sich extra frei zu nehmen war seine Sache nicht und während seiner Bürozeit sich einen Termin geben zu lassen, was die Gesetzeslage zwar erlaubte, seine Arbeitsmoral ihm aber strickt untersagte; ein Dilemma.

Auf seinem Schreibtisch hatte er eine Tasse mit schwarzem Tee stehen, der Blick war auf den Bildschirm gerichtet und seine Hände flogen über die Tastatur. Die Zeichen auf dem Schirm vermehrten sich, jedoch waren seine Gedanken nicht bei ihnen. Er musste an sein Ohr denken. Und umso mehr er sich damit beschäftigte, umso mehr verspürte er ein Kribbeln, ein Krabbeln und mittlerweile das eine oder andere Geräusch, das tief aus seinem Innenohr zu kommen schien. Vielleicht wurde er auch verrückt. Die langen Jahre des Alleinlebens schienen nun ihren Tribut zu fordern. Er war zwar nicht als Eigenbrötler verschrien, sein Junggesellendasein aber, wurde von Zeit zu Zeit, sehr wohl im Büro mit abfälligen und sarkastischen Kommentaren bedacht. Meistens in seiner Abwesenheit. Bog er um die Ecke, verstummten seine Kollegen und wechselten umgehend das Thema. Letztendlich war es ja seine Privatsache.

Auf dem Heimweg überkam ihn eine starke und hinterhältige Müdigkeit. Auf seinem Platz in einem öffentlichen Verkehrsmittel senkten sich immer wieder seine Lider und er hatte Mühe sich wach zu halten. Am Fenster zogen Häuser vorbei, Fußgänger eilten die Gehwege entlang und er blickte von Zeit zu Zeit auf die Autos hinunter, die im abendlichen Verkehr, im Schritttempo, mehr schlecht als recht vorankamen. Seine Gedanken aber kreisten die ganze Zeit über um sein rechtes Ohr, die mittlerweile immer öfters spürbar werdenden Aktivitäten innerhalb seines Gehörgangs brachten ihn langsam aber sicher an den Rand des Wahnsinns. Auf dem kurzen Heimweg von der Haltestelle zu seinem Wohnhaus schien alles wieder in bester Ordnung. Möglicherweise war es im Verkehrsmittel zu warm gewesen, war er deswegen von Müdigkeit überrascht worden. Es war zwar nicht all zu kalt, einen Temperaturunterschied nahm er aber trotzdem wahr. Die Nacht selbst, unterlag der üblichen Routine. Er setzte sich nach seiner Ankunft wieder vor seinen Fernseher, sah sich einen Film an und begab sich daraufhin in sein Bett. Der Schlaf dieser Nacht aber, gestaltete sich unruhig. Immer wieder wachte er auf, mit dem Gefühl, als hätte er eine Stimme gehört, als sei er durch diese Stimme geweckt worden. Die nächsten Tage schienen eine Wiederholung der Symptome und eine Steigerung deren Intensität zu sein. Es schien ihm immer öfters so, als würde ihn jemand ansprechen, ohne, dass sich eine Person mit ihm im Raum befand. Nicht einmal nur drehte er sich um und musste

[17]

daraufhin feststellen, dass niemand hinter ihm stand, der ihn angesprochen hatte. Er hatte mittlerweile versucht mit diversesten Instrumenten seinen Gehörgang zu reinigen, bis zum Trommelfell hatte er sich Bleistifte, Kugelschreiber, Wattestäbchen und Ähnliches in den Gehörgang gestoßen, hatte versucht mit einer Spritze den Gehörgang leer zu saugen und nichts hatte geholfen, nichts hatte die Symptome zumindest gelindert, geschweige denn entfernt. Zu guter Letzt, hatte er versucht, das Ohr zu verschließen, erst mit einem Taschentuchstück, das er befeuchtet und geknetet hatte, dann mit Wachs, das er langsam in seinen Gehörgang tropfen hatte lassen. Er hörte dadurch weniger on seiner Umgebung, die Stimme, die er immer wieder vernommen hatte, war nun aber deutlicher und viel näher zu hören.

Er war später als sonst nach Hause gekommen. Auf dem Heimweg war es ihm wie Schuppen von den Augen gefallen. Es gab eine Möglichkeit die unliebsamen Worte, die er nun schon seit Wochen als treuen Begleiter mit sich herumtrug loszuwerden. Er hängte seinen Schlüsselbund an den dafür vorgesehenen Haken, nahm die Packung Zigaretten aus der Tasche, ebenso sein Telefon und ging in die Küche. Den Beutel, den er heute bei sich trug, legte er auf den Küchentisch. Dann nahm er den Aschenbecher vom Regal, eine Zigarette aus der Packung und das Feuerzeug aus seiner Hosentasche. Die Flamme schoss aus dem Ventil, nachdem der elektronische Funken das Gas entzündet hatte. Er inhalierte tief und ließ sich auf einen Sessel fallen. Er blies den Rauch zur Decke und sah ins Licht der Lampe, die er, als er damals eingezogen war, als erstes montiert hatte. Nachdem er die Glut im Aschenbecher ausgedrückt hatte, öffnete er den grauen Stoffbeutel und holte dessen Inhalt ins

Licht der Küchenlampe. Er legte das schwere Ding auf den runden Tisch, daneben die sechs kleineren, zweifärbigen Metallteile und atmete tief durch. All diese Aktionen waren, wie so vieles in den letzten Wochen, begleitet von Worten, deren Ursprung rational nicht nachvollziehbar war, und die außer ihm selbst, niemand hören konnte. Es gab keinen anderen Ausweg, er musste sich dieser Stimmen entledigen, die mit einem leichten Kribbeln im Ohr begonnen hatten, als wäre ihm ein Käfer in selbiges gekrabbelt und hätte sich dort häuslich eingerichtet. Doch es gab keinen Käfer in seinem Gehörgang, rein gar nichts. Das überschüssige Ohrenschmalz hatte sein Hausarzt vor zwei Wochen entfernt und mehr als diese Diagnose, war jener nicht bereit zu stellen. Sein Ohr und sein Gehörgang befanden sich, bis auf eine minimale Verletzung des Trommelfells, die er sich mit großer Wahrscheinlichkeit, bei einem seiner amateurhaften Reinigungsversuche wohl selbst zugefügt hatte, in bestem Zustand, er sollte also keinen Grund zu klagen haben. Seine Hände zitterten ein wenig, nachdem er die kleinen Metallteile in die dafür vorgesehenen Öffnungen geschoben hatte und nun den fertigen Apparat in der Hand hielt. Er lauschte kurz. Es herrschte absolute Stille im Raum, kein Geräusch, das ihn ablenkte, kein Streit aus einer Nachbarwohnung, keine Motoren vom Abendverkehr, absolut nichts. Bis auf vereinzelte Worte, die keinen Sinn ergaben und die er nur in oder um sein rechtes Ohr wahrnahm. Er musste es beenden, er musste wieder frei atmen können, er musste sich befreien von dieser Ablenkung, dieser Manifestation des Bösen, das in sein Leben eingedrungen war, ohne um Erlaubnis zu fragen. Was würde er heute als Nachtmahl einnehmen, ging es ihm durch den Kopf. Er würde sich später darum kümmern, erst hatte er etwas zu erledigen. Danach würde es ihm ohnehin besser gehen, vielleicht würde er nach getaner

[19]

Arbeit heute noch ausgehen, er war lange schon nicht mehr am Abend fort gewesen. Ein Restaurantbesuch, das Pub im Nachbarbezirk, gleich neben der Wohnung einer seiner wenigen Freunde. Er würde sich spontan entschließen, es musste nicht alles im Vorhinein geplant werden. Er hielt das Ding immer noch fest in der Hand und setzte das eine Ende nun an sein rechtes Ohr. Dann drückte er ab.

Die Erinnerung spielt einem ja mitunter den einen oder anderen Streich. Ereignisse die lange zurückliegen, jahrzehntelang in unserem Fall, werden verklärt und anders wahrgenommen, als sie damals geschehen sind. Nehme ich jetzt einmal an. Denn ganz genau kann man es eben nicht mehr sagen. Die Person, von der ich erzählen möchte, habe ich zum letzten Mal im Jahr 1996 gesehen, seitdem nie wieder und davor auch lediglich bei ein paar wenigen Gelegenheiten, die immer nur reine Zufälle waren. Ob es solche an sich gibt, sei einmal dahingestellt. Ich hatte ihn die ganzen Jahre über vergessen, doch vor kurzem, hat sich der Herbert anscheinend aus den Ablageschränken meines Langzeitgedächtnisses befreit, und war im Tagesgeschehen aufgetaucht, zumindest gedanklich. Der Herbert war natürlich im ganzen Ort, oder besser gesagt war es ja eine Kleinstadt, bekannt, jeder wusste wer er war und vor allem, wie er war. Der Herbert war, von seiner äußeren Erscheinung her, ein wenig rundlich, von der Statur erinnerte er in etwa an den Udo Proksch (sonst aber hat die beiden rein gar nichts verbunden), und er war ein wenig simpel gestrickt, ein einfacher Kerl, bei dem die positiven Seiten keine negativen erkennen ließen. Der Volksmund würde sagen, er sei etwas zurückgeblieben gewesen, aber er war immer dabei, so weit zurück lag er also auch wieder nicht. Der Herbert wohnte mit seiner älteren Schwester in einem relativ großen Haus, das aber etwas heruntergekommen, oder wenn man es positiver ausdrücken möchte, abgewohnt wirkte, zumindest von außen; drinnen war ich ja nie gewesen, woher sollte ich es also wissen.

[21]

Seine Schwester war Lehrerein am örtlichen Gymnasium und auch ich hatte sie einige Jahre lang zu ertragen. Das ist jetzt gar nicht negativ gemeint, das Fach das sie unterrichtete, eines der Fächer, denen von Eltern und der Allgemeinheit eher wenig Bedeutung beigemessen wird, war mir nie eines der liebsten und meine Noten waren dementsprechend. Der Herbert, sofern ich mich recht erinnere, sammelte Notenblätter. Er hatte bei einem der zufälligen Zusammentreffen davon erzählt, wie viele er besaß und wie wichtig sie ihm waren. Welchen Musikstil er bevorzugte, ich kann es beim besten Willen nicht mehr sagen, es ist mir einfach nicht mehr erinnerlich. Warum ich aber überhaupt vom Herbert erzählen möchte, ist Folgendes: der Herbert hatte eine besondere Gabe. Er konnte, mit nur einer einzigen Zigarette, ein komplettes Lokal total vernebeln. Nun, das ist vielleicht gar nicht wirklich möglich, damals kam es uns aber so vor. Man muss sich das folgendermaßen vorstellen: der Herbert betritt das Kaffeehaus, wir sehen ihn, begrüßen ihn und laden ihn ein, bei uns Platz zu nehmen. Der Herbert freut sich natürlich und setzt sich zu uns. Wir waren damals ja alle schon erwachsen, also sechzehn, siebzehn Jahre alt, und rauchten was die Lunge so vertrug und was das Taschengeld hergab. Der Herbert schnorrte sich natürlich eine Zigarette und paffte drauf los. Nach einigen wenige Zügen hatte sich über dem kleinen Kaffeehaustisch, mit übervollem Aschenbecher und unseren Pubertätsbieren, eine dicke Rauchglocke gebildet, quasi Bodennebel. Uns amüsierte das damals so, dass wir ihm, nachdem er die erste Zigarette fertig geraucht hatte, eine weitere anboten, die er dankend annahm, sich gleich darauf in den Mund steckte und umgehend anzündete, um seine Mission fortzusetzen. Der Herbert inhalierte nicht, somit hatte er das volle Kontingent an Rauch für den ihn umgebenden Raum, nichts davon wurde an seine Lungenflügel

[22]

verschwendet. Die Lungenbläschen und seine Flimmerhärchen waren darüber wahrscheinlich höchst erfreut, und wir eben auch. Natürlich kann man jetzt, mit einem gewissen Abstand und einer mit den Jahren gewachsenen Vernunft reflektiert sagen, wir waren damals schon ein bissl deppat. Nun, in einem gewissen Alter verhält man sich dementsprechend, und ich schreibe diese Zeilen auch mit ein wenig rührseligem Bauchweh. Was er heute wohl macht, der Herbert? Ob er noch lebt? Ob seine Schwester ihn wirklich ins Heim gesteckt hat, in das er nie wollte? Ich weiß es nicht. Der Herbert ist eine Geschichte aus längst vergangenen Tagen, aus einer Vergangenheit, die natürlich ein Teil eines Ganzen ist, aber eben nur ein Teil, der, so schnell er sich ins Bewusste drängt, auch schon wieder vergessen ist. Vielleicht trifft ihn ja einmal wieder jemand, er mag sicher eine Zigarette, und fragt ihn nach seinen Notenblättern, da blüht er auf, da kann er euch etwas erzählen. Ich glaube, er hat es verdient, dass man ihm ein wenig zuhört.

3 – Der Mann, der seine Frau verließ, weil er sie zu sehr liebte

Natürlich tat es weh. Sehr sogar. Aber es gab keine andere Möglichkeit, die Lösung lag auf der Hand, er musste sie verlassen. Er liebte sie schon vom ersten Tag an, als er sie zum ersten Mal an der Tankstelle gesehen hatte. Er war damals, später als sonst, von seiner Dienststelle heimgefahren, wollte noch Tanken, um am nächsten Morgen nicht in Zeitnot zu geraten. Sie tankte direkt vor ihm, schien aber ein Problem zu haben. Entweder hatte sie kein Bargeld gehabt, oder ihre Kreditkarte hatte nicht funktioniert, er konnte sich nicht mehr so genau daran erinnern. Auf jeden Fall hatte er ihr ausgeholfen und sie revanchierte sich am nächsten Tag mit einer Einladung zum Kaffee. Als er nach dieser ersten Begegnung dann nach Hause gekommen war, ertappte er sich, dass er immer an die Szene an der Tankstelle denken musste, diese Bruchteile von Sekunden, er stellte den Motor ab und sah im selben Moment, als sie den Zapfhahn an die Säule zurückhing, dieses Gesicht, das er nun nicht mehr aus seinen Gedanken bekam. Wenn er ehrlich zu sich war, dann hatte er sich auf den ersten Blick in sie verliebt; das war die Frau seines Lebens, die er immer schon gekannt hatte, die er beschreiben hätte können, ohne sie vorher gesehen zu haben. Ob es Schicksal war, er wusste es nicht, doch an Zufälle glaubte er nicht, es gab einen Grund für alles. Das Glück begegnete jeder und jedem mindestens einmal, jeder konnte es fassen, oder aber auch ziehen lassen. Er hatte es erkannt und wollte es fassen, festhalten, aber nicht zu sehr, sodass es sich nicht eingeengt

[24]

fühlte. Den nächsten Tag über war er sichtlich nervös, er versuchte sich zwar nichts anmerken zu lassen, jedoch, und vor allem in solchen Situation, funktionierte das klarerweise überhaupt nicht. Das Treffen selbst verlief relativ unspektakulär. Es gab keinerlei Liebesschwüre, er versuchte ruhig zu bleiben, jedoch bemerkte er, dass sein Gegenüber ebenso ein wenig unbeholfen, beziehungsweise nervös wirkte. Viele Jahre später sollte er erfahren, dass es ihr genauso wie ihm ergangen war. Ein erster Schritt war, dass Telefonnummern ausgetauscht wurden. Er nahm sich zurück und nutzte diese Kontaktmöglichkeit nicht umgehend. Die Tage vergingen, das Gefühl blieb und seine Gedanken drehten sich nur noch um sie. Eines Abends, es musste wohl eine Woche nach dem ersten Treffen gewesen sein, konnte er sich nicht mehr zurück halten und tippte, kurz vor dem Einschlafen, eine Nachricht in sein Mobiltelefon. Die beiden Worte, simpel aber aussagekräftig, waren: „Gute Nacht". Für sie musste das eine Bestätigung gewesen sein, das OK für weitere Konversation, denn kurz darauf signalisierte ihm sein lautlos gestelltes Handy, dass auch er eine Nachricht empfangen hatte. Und die beiden Worte, die er auf dem hellen Display sah, gingen weiter als seine: „Schlaf gut." Somit stand weiteren Treffen also nichts mehr im Wege. Und die Treffen wurden häufiger, die Abstände dazwischen kürzer und die Inhalte der Gespräche gingen tiefer. Das Lachen wurde herzlicher, die Blicke tiefgründiger und die Heimwege sehnsuchtsvoller. Es wurden die üblichen Entscheidungen getroffen, Wohnsitze zusammengelegt, Ringe gekauft, Geburtstage gefeiert, Familien besucht und all jene Dinge getan, die im Laufe der Jahre zur Routine werden. Es gab den ersten Streit, die erste Versöhnung, den ersten gemeinsamen Urlaub, als Belastungsprobe, der beide ohne weiteres standhielten. Die Jahre kamen und gingen, die Liebe festigte sich, wuchs, machte Urlaub und kam wieder zurück. Probleme wurden gelöst, Krankheiten auskuriert und Eigenheiten wechselseitig toleriert; später dann nur noch hingenommen. Er liebte sie nach wie vor, ganz gleich wie schwierig es manchmal für ihn selbst war. Er war sich dessen bewusst, dass auch er nicht immer einfach zu ertragen war, doch er hatte ihr ein Versprechen gegeben, daran war nicht zu rütteln, dass er sie jemals verlassen würde, kam ihm niemals in den Sinn. Jeder Tag, war ein neuer Tag. Doch manchmal war er sich nicht mehr so sicher, nicht seinetwegen, er konnte über unendlich viel hinwegsehen. Sie fühlte sich nicht mehr wohl. Es gab zwar keine handfesten Gründe, keine Dinge an denen man etwas festmachen konnte, er aber spürte, dass ihr Leben nicht das war, was sie sich ersehnt hatte. Es gab zwar die gemeinsamen Erfolge, die Verwirklichung aller gemeinsamen Träume, doch auch die Erkenntnis, dass all diese Träume, wohl besser solche hätten bleiben sollen. Träume, nach denen man streben konnte, die aber zu erreichen, das Ende bedeuten. Er dachte wieder daran, sie zu ehren, im Guten wie im Schlechten, wollte, dass sie glücklich war. Er hatte nichts anderes im Sinn gehabt, als er sie zum ersten Mal gesehen hatte. Natürlich war es ihm auch um sein eigenes Glück gegangen, doch umso länger er mit ihr zusammen war, desto mehr erkannte er die Bedeutung von Liebe, die erst vollkommen war, wenn sie selbstlos wurde. Dass er ohne sie nicht leben wollen würde, das war ihm klar. Natürlich würde er es können, wollen würde er es nicht. Doch es gab keine andere Lösung, nicht wenn er sie liebte, und so fasste er den Entschluss, sie zu verlassen.

Frühling

Per Gessle	*Mazarin, 2003*
	En händig man, 2007
Gyllene Tyder	*Finn 5 Fell!, 2004*
Chuck Prophet	*Homemade blood, 1997*
	No other love, 2003
	Age of miracles, 2005
James Iha	*Let it come down, 2008*
Paul McCartney	*Flaming Pie, 1996*
Molden, Resetarits, Soyka, Wirth	*Ho rugg, 2014*
Johnny Cash	Unchained, 1996
Ryan Adams	*Cold Roses, 2005*

Es gibt in unseren Breiten diese Treffpunkte, vergleichbar mit Marktplätzen in südlicheren Gefilden. Dort, wo sich das Leben abspielt, dort, wo miteinander diskutiert wird, dort, wo gestritten, trotzdem aber in Freundschaft wieder verabschiedet wird. Bei uns sind das zum Beispiel die Wirtshäuser. Wirtshäuser in denen die 8 Millionen Fußballtrainer sitzen, die Politikwissenschaftler und weitere Fachmänner und ebensolche Frauen. Da wird diskutiert, im Dunstkreis des Hochprozentigen, da fällt das eine oder andere alkoholgeschwängerte Schimpfwort, aber im Endeffekt treffen sich alle am nächsten Abend in der gleichen Einigkeit wie am Vortag wieder. Alkohol verbindet eben. Aber nicht nur der Alkohol, auch die Tschick. Die kontroversesten Diskussionen finden aber in rauchgeschwängerter Atmosphäre statt. Früher gehörte das ohnehin zum guten Ton, mittlerweile gibt es aber Lokalitäten, in den das gar nicht mehr so angesehen scheint, der Tschick in der Hand. Ein vollkommen verfehlter Nichtraucherschutz hat einen, zugegebener Massen kleinen Keil, in die Gesellschaft getrieben. Und nicht, weil das Rauchen nun, unter bestimmten Gegebenheiten nicht mehr erlaubt ist, sondern, weil keine Konsequenz erkennbar ist. Ein heiß diskutiertes Thema. Da leisten sich die selbsternannten Gesundheitsspeziallisten, Tabaklobbyisten und Raucher, beziehungsweise Nichtraucher hitzige Debatten, begleitet von großen Bieren und halbstündlichen kleineren hochprozentigen Runden. Der Vorteil dieses lokal inkonsequenten Rauchverbots ist jener, dass die abendliche Kleidung, am nächsten Tag nicht so

[29]

penetrant nach abgestandenen, olfaktorischen Oxidationsresten riecht. Es gibt aber definitiv noch Lokale, die es, durch welch wunderliche Zustände, die wohl für immer im Dunkel bleiben werden, geschafft haben, nicht als Scheidungslokal gelten zu müssen; quasi Trennung von Rauchern und Nichtrauchern. Und dort wird gequalmt, ohne Rücksicht auf Verluste, das Miteinander funktioniert dort bestens, haben die Nichtraucher ja auch keinerlei Handhabe gegen den blauen Dunst. Was aber in solchen Lokalitäten von gravierendem Vorteil ist, hat man ausreichend Material bei sich. Denn gehen einem die Zigaretten aus, bleibt einem nicht viel anderes übrig, als eine Auswahl aus einem recht mageren, im Umkehrschluss aber überteuerten Sortiment an Tabakprodukten auszuwählen. Der vorausblickende Tabakjunkie aber hat vorgesorgt. Er war heute schon beim Trafikanten seines Vertrauens, bei der Trafikantin am Eck oder beim Automaten, der günstig am Weg liegt und natürlich auch seine persönliche Marke führt. Tabakwuzzler sind hier klar benachteiligt, müssen sie die Öffnungszeiten konsequenter beachten als der automatenverwöhnte Packltschicker. Eine Trafik ist, so wie eine Gastwirtschaft, ein eigenes Universum. Der Raucher besucht sie täglich und weiß ab einem bestimmten Zeitpunkt, dass er in den Kreis der Stammraucher aufgenommen ist. Dieser Zeitpunkt ist jener, wenn der Trafikant, oder wahlweise die Trafikantin, schon beim Betreten des Kunden, automatisch zur gewünschten Zigarettenmarke in der erwarteten Auflage greift. Dann gehört man, sozusagen, zum *inner circle*. Der Trafikant meines Vertrauens, ist eine imposante Gestalt. Ein Nichtraucher, aber in seinem Fall, macht seine Frau das locker wieder wett, sie raucht drei Schachteln John Players Special, schwarz und kurz, pro Tag. Somit gibt es an seinem beruflichen Wirken, wirklich keine Beanstandungen, die der Raucher, der sich ja, mit einem

[30]

potentiellen Raucherbein, beziehungsweise seinem Lungenkrebs im Ansatz, durch sein Dasein bewegt. Wobei man, um bei der Wahrheit zu bleiben, ja ehrlicherweise sagen muss, der passionierte Raucher, hat ja mehr, als nur einen Trafikanten seines Vertrauens. Es gibt da zum Beispiel den, der nicht unweit vom Hauptwohnsitz seine Tabakwaren vertreibt. Dann gibt es aber auch immer noch jenen, der auf dem Weg zur Arbeit seine Trafik bewirtschaftet, und zu guter Letzt, all die, die verstreut an diversesten neuralgischen Punkten des sonstigen Wirkens des Tabakverbrenners liegen, auf dem Weg zum Wirten etwa. Meine persönliche Aufnahme in den *inner circle* der heimatlichen Tabaktrafik, habe ich erst beim Verlassen des Rauchwaren-tandlers realisiert. So bin ich, ich muss es jetzt einmal zugeben, die Gedanken immer an allen möglichen Orten, nur selten bei Sache. Was ich aber sehr wohl wahrnehme, ist Folgendes: wird in einer Trafik geraucht oder nicht. Es ist schon wichtig, wie der Händler des gefährlichen Rauchgutes mit der Konsumation des selbigen umgeht. Eine Trafik ohne rauchenden Trafikanten wiegt schon schwer genug, gibt es aber nicht einmal den geringsten Hinweis, dass in den heiligen Hallen selbst auch Tabak abgebrannt wird, oder werden darf, kommt mir das persönlich etwas ungeheuer vor. Ein Verkäufer, der zu seinem eigenen Produkt nicht steht, der kann nie und nimmer davon überzeugt sein. Somit sollte er aus der Trafikanteninnung ausgeschlossen werden. Wohin sind die guten alten Zeiten, in denen nur ein Kriegsversehrter eine Trafik bekommen hat. Gut, ich verstehe schon, Kriegsversehrte sind in unseren Tagen und Breiten äußerst rar, oder genießen mittlerweile ihre wohlverdiente, in den letzten Zügen (welch wunderbares Wortspiel) liegende, Rente. Eine rauchende Gattin, wahlweise auch Gatte, würde das Ungleichgewicht aber wieder etwas ins Lot bringen. Seitdem die

[31]

Zigarettenpackungen diese hübschen Bildchen mit diversen, vom Rauchen verursachten, Krankheiten beziehungsweise Todesfällen aufgedruckt haben, macht mir persönlich, das Rauchen weniger Spaß als vorher. Gut, Spaß hat es mir eigentlich nie wirklich gemacht; es war eher wie eine Menüfolge. Alkohol und Nikotin, vergleichbar mit Guinness und Jameson. Und meine letzte Raucherkarriere, die dritte, um genau zu sein, hat eher als Therapie begonnen, anstatt der Psychopharmaka. Da könnte man jetzt auch am Wirtshaustisch darüber diskutieren, was schädlicher ist. Aber um auf die Bildchen zurück zu kommen, es entbrennen da ja richtige Sammelleidenschaften. Da werden Raucherbeine gegen Lungenkrebs getauscht, die Kindersterblichkeit wird mit der Zeugungsunfähigkeit in Relation gestellt und das Sterben des Familienvaters mit seiner Potenz verglichen, ob es da einen Zusammenhang gibt. Ich weiß es nicht und ich muss ehrlich sagen, ich will es auch gar nicht wissen. Was mich, rein statistisch aber schon interessiert, ist die Frage, gibt es einen Zusammenhang mit der Häufigkeit der Bilder, die sich auf den selbst konsumierten Zigarettenschachteln befinden und einer möglichen, später eintretenden Erkrankung. Also wenn man zum Beispiel zu fünfzig Prozent immer Schachteln mit Lungenkrebs bekommt, im Gegenzug nur selten ein Raucherbein, und dann trotzdem an einem erkrankt. Kann man das dann einklagen? Oder noch schlimmer, man erkrankt gar nicht, gibt es da Regressansprüche? Alleine schon wegen der Vorfreude, die ja letztendlich enttäuscht wird. Oder, der Angst, die man ein Raucherleben lang mit sich herumschleppt, sei es latent oder aber auch offensichtlich, sich in nächtlichen Panikattacken manifestierend, die einen dann doch wieder zur Zigarette greifen lassen, oder eben zu Psychopharmaka. Ich erwarte, mit großer Spannung, den ersten Fall in diese Richtung und sei es nur aus

Neugierde, gar nicht aus Eigennutz um mich dem Verfahren dann anzuschließen und auch noch ein paar Euro abzukassieren; oder wird die Entschädigung in Zigaretten abgegolten. Sie sehen also, es werden Fragen aufgeworfen, deren Beantwortung uns alle vor neue Herausforderungen stellt. Ich werde mir noch eine Zigarette anzünden, dann muss ich ohnehin weg, für heute wohlgemerkt, morgen bin ich wieder für sie da und werde sie über das eine oder andere Wichtige in unseren, durchaus unterschiedlichen Lebenslagen aufklären.

Während des Schreibens wurden sieben John Players Special, schwarz/kurz, geraucht.

5 – Der Pensionär

Er brauchte keinen Wecker. Hatte nie einen gebraucht. Nun, als er noch regelmäßig zur Arbeit musste, natürlich schon, da läutete dieses Ding täglich kurz nach sechs Uhr morgens, um ihn aus seinem tiefen Schlaf zu reißen. Das Aufstehen an sich, war ihm immer schwer gefallen. Nicht, dass er dann den halben Tag über müde war, nein, es ging nur um die kurze Phase des Wachwerdens. War er aber einmal auf den Beinen, dann war er auch munter und ausgeschlafen. Jetzt war das alles anders. Seit seiner Pensionierung benützte er seinen Wecker nur noch selten, in gewissen Ausnahmesituationen, wenn er einen Amtsweg hatte, oder einen seiner seltenen Arztbesuche. Er ging grundsätzlich nur zu seiner Hausärztin, und das auch nur, wenn er sich selbst nicht mehr zu helfen wusste. Er hatte kein Verständnis für all die anderen, die in seinem Alter, einen Arztbesuch als wöchentliche Regelmäßigkeit sahen, die den Arzt aufsuchten, weil sie sich langweilten, weil sie jemanden zum Reden brauchten. Er brauchte niemanden zum Reden. Natürlich hatte er seine Bekannten, einige Arbeitskollegen, manche davon befanden sich immer noch in ihrem Beschäftigungsverhältnis, andere waren, ebenso wie er, längst im verdienten Ruhestand; vierundvierzig Jahre waren genug gewesen. Den letzten Arbeitstag zelebrierte er in keinster Weise. Er stand auf, wie jeden Tag, kurz nach sechs, erledigte seine Morgenroutine und machte sich dann auf den Weg zu seiner Arbeitsstelle. Nach Dienstschluss verabschiedete er sich von allen, gab seine Schlüssel ab und verließ das Gebäude, das er die letzten achtzehn Jahre fast täglich aufgesucht hatte. Es

[34]

gab zwar schon eine offizielle Verabschiedung in der Mittagspause, und er würde dieses Jahr auch noch zur Betriebsweihnachtsfeier eingeladen werden, als Ehrengast sozusagen, aber eine spezielle Feier nah Dienstschluss, oder am Ende der Woche, sodass am nächsten Tag alle ausschlafen konnten, hatte er sich ausdrücklich verboten. Und nicht, weil er nicht gerne feierte, im Gegenteil, er tat es sogar recht gerne, er hasste nur die Abschiede, beziehungsweise konnte er mit ihnen schlecht umgehen. Nach solchen Veranstaltungen fühlt er immer eine große Leere in sich aufkommen, der Heimweg fiel ihm dann schwer. Deswegen vermied er ab einem gewissen Alter solche Zusammenkünfte und blieb lieber daheim. Jetzt wachte er fast pünktlich, jeden Tag gegen halb acht Uhr auf. Er blieb dann noch einige Zeit in seinem Bett liegen, drehte sich ein, zweimal um und stand dann aber, auch weil er nicht mehr einschlafen konnte und eigentlich schon ausgeschlafen war, auf. Sein erster Weg führte ihn auf die Toilette, auf der er einige Zeit verbrachte. Danach schlurfte er, zwischen Stapeln alter Zeitungen hindurch, in seine kleine Küche. Dort herrschte das übliche Chaos. Gebrauchtes Geschirr, leere Bierflaschen, angebrochene Lebensmittelpackungen und sonstiges, nicht Unübliches für eine unaufgeräumte Küche, verstellte den Großteil der Arbeitsfläche. Er nahm sich ein unbenutztes Häferl aus dem Hängeschrank und befüllte danach den Wasserkocher. Seitdem er in Pension war, trank er am Morgen immer Schwarztee mit einem Schuss Rum. Mit seinem Gebräu ging er in sein kleines Wohnzimmer, dessen Wände mit Regalen verstellt waren, die bis zum Rand mit Büchern und diversen Zeitschriften befüllt waren. Er setzte sich auf seine verschlissene Bank und nahm, vom Zeitschriftenstapel auf dem Tisch, auf dem er auch, mit einiger Mühe, einen freien Platz suchend, seinen Tee abstellte, das oberste Magazin und blätterte es durch. So verbrachte er die nächsten beiden Stunden. Der Tee war mittlerweile kalt geworden und ein leichtes Hungergefühl stieg in ihm hoch. Er macht sich wieder auf den Weg in die Küche, in der er sich ein Stück Schnittbrot nahm, eine Finger dick Schmalz darauf schmierte, um es danach mit Zwiebel zu belegen. Dann griff er in die Salzdose, ließ etwas vom Salz auf die Zwiebel rieseln und begab sich wieder in sein Wohnzimmer. Er war immer noch im Pyjama, was aber keine Ausnahme darstellte. Meistens zog er sich nur um, wenn er seine Wohnung verlassen musste, und das war heute nicht der Fall. Jetzt ging er zu dem Regal, auf dem sein Fernsehgerät stand, darunter waren, geordnet und beschriftet, unzählige Videokassetten in ihren Reihen. Er hatte, schon als er noch mitten im Beruf stand, seine beiden Videorekorder keinen Tag unprogrammiert lassen. Jeden Tag waren in den Spalten des Fernsehprogramms Sendungen angekreuzt gewesen, die er aufzunehmen gedachte. Später waren es dann so viele Kreuze an jedem Tag geworden, dass es technisch unmöglich gewesen war, all die Sendungen aufzuzeichnen und für später zu konservieren. Er hatte komplette Serien in seinem Archiv, Dokumentationen, alle Filmklassiker, die einem ad hoc einfallen würde, komplette Editionen längst vergessener Meisterwerke und deren billigst produzierter Fortsetzungen. Was ihm immer wieder zu schaffen machte, war, dass er wohl all diese bewegten Bilder in seinem restlichen Leben nicht mehr sehen konnte, rein rechnerisch würde es sich nicht mehr ausgehen. Er müsste wohl ein weiteres Mal geboren werden. Die Kassette, die er jetzt aus der Hülle nahm, enthielt einen Kriminalfilm aus den vierziger Jahren des vorigen Jahrhunderts. Solche Filme sah er entweder in den kühleren Monaten des Jahres, im verregneten Herbst oder im Hochsommer. Er verband im Eigentlichen Filme, Bücher, Musik mit Jahreszeiten, Monaten und vor allem mit Stimmungen, die mit diesen einhergingen. Man konnte ruhigen Gewissens behaupten, jeder Monat hatte sein vorgegebenes Programm. Das führte aber auch dazu, dass er immer wieder dieselben Filme sah, dieselben Platten hörte und dieselben Bücher las, obwohl er sie mittlerweile fast schon auswendig kannte. Für einen Außenstehenden mag es etwas seltsam anmuten, für ihn war es eine Struktur, die er sich schon vor Jahrzehnten zurechtgelegt hatte, und die ihm eine gewisse Sicherheit gab. Das Magnetband lief von der Spule, wurde abgetastet und ließ ein etwas flimmerndes Bild auf dem Schirm entstehen. Den Vorspann beobachtete er immer aufmerksam. Er las die Namen der Akteure, der Produzenten und der weiteren, am Entstehen des Streifens beteiligten Personen. Erinnerungen kamen in ihm hoch, wer hatte in anderen Filmen mitgespielt, welche Geschichten gab es zu den einzelnen Personen unter welchen Umständen war der Film entstanden. All das unnütze Wissen kam nun in ihm hoch. Jetzt war der Moment, in dem er realisierte, dass er schon jahrelang alleine war. Er hatte niemanden, zumindest nicht in seinen eigenen vier Wänden und vor allem nicht in Situationen, in welchen Gesellschaft, anlassbezogen von Nutzen gewesen wäre, jemand, dem er all diese Anekdoten erzählen konnte, jemand der ihm zuhörte. Kurz vor Ende des Films schlief er ein. Der Bildschirm machte keinen Unterschied und ließ den folgenden Film auch noch über sich flimmern, ebenfalls ein alter Kriminalfilm. Gegen zwei Uhr wurde er wieder munter. Er würde sich nun ein Mahl bereiten, ein Stück Fleisch, etwas Gemüse, auf eine Sättigungsbeilage verzichtete er meist. Alleine das Wort an sich, war ihm zuwider. Während das Fleisch in der Pfanne briet, machte er sich kurz auf den Weg zum Postkasten. Mittlerweile musste sein Zusteller schon da gewesen sein. Er stieg ein

Stockwerk hinab. Seine Nachbarn hatten sich schon lange an seinen Anblick, und sein Auftreten im Pyjama, gewöhnt. Für ihn selbst war es ohnehin kein Thema. Im Postkasten befanden sich zwei Briefe, höchstwahrscheinlich Rechnungen, ein kleines Paket in der Größe eines Taschenbuchs und diverse Prospekte. Er nahm alles aus dem kleinen Blechgehäuse und ging wieder in seine Wohnung. In der Küche legte er seine Post ab und wandte sich dann wieder seiner Kochaktion zu. Er wendete das Stück Fleisch und drehte den Herd ab. Die Platte mit der Pfanne und jene, auf der der Topf, in dem Tiefkühlfisolen mittlerweile vor sich hin kochten, stand. Er goss das Wasser der Fisolen in die Abwasch, legte das Fleisch auf den Teller und leerte das gekochte Gemüse in die Pfanne, schwenkte es ein wenig im Bratensaft und drapierte es dann neben dem Fleischstück. So nebenbei wie er gekocht hatte, aß er sein Mittagessen, wieder auf seiner Bank, um von Zeit zu Zeit, den noch immer laufenden Film zu verfolgen. Longplay war eine grandiose Erfindung gewesen. Danach ging er seine Post durch. Erst die beiden Briefumschläge, die auch wirklich Rechnungen enthielten, dann öffnete er das in Packpapier eingewickelte Buch. Er blätterte es einmal durch, roch daran und legte es dann auf den jetzt schon überfüllten Tisch. Danach blätterte er die Prospekte durch. Er strich sich einige Aktionen an, als Pensionär hatte man nicht mehr allzu viel Budget zur Verfügung. Dann brachte er das benutzte Geschirr in die Küche und begann den Geschirrspüler zu befüllen. Dieses Gerät tat ihm wahrlich gute Dienste; es sparte ihm wertvolle Zeit. Bis zur Anschaffung hatte er noch selbst abgewaschen, sich lange Zeit geweigert überhaupt an ein solches Ding Gedanken zu verschwenden. Vom Einbau an aber, genoss er dessen Frondienste und konnte sich auch gar nicht vorstellen, wie es einmal davor gewesen war. Der Nachmittag war in vollem Gange, die Abenddämmerung im Kommen und er, er saß auf seiner Bank und hatte sich in ein Buch vertieft. Bis zum Abend wollte er lesen. Er las immer, bevor er sich das erste Glas Rotwein einschenkte. Lesen und Alkohol vertrugen sich, seiner Meinung nach, nicht allzu lange. Der Geist musste wach sein, wenn seine Augen von Zeile zu Zeile flogen, träge Gedanken hatten wenig zu tun, mit der Freiheit, die zwischen den beiden Buchdeckeln lag. Nach etwa einer Stunde fielen ihm die Augen zu, und er erwachte erst wieder kurz vor sieben Uhr. Das Buch war während seines Schlafs zu Boden gefallen und er hob es auf und legte es auf den Tisch. Dann stand er auf und machte sich wieder auf den Weg in die Küche. Er holte eine Flasche Wein aus dem Regal, entkorkte sie, entnahm dem Geschirrspüler ein sauberes Glas und ging wieder zurück in sein Wohnzimmer. Er stellte seine Abendbegleitung auf den Tisch und machte sich am Videoregal zu schaffen. Die Kassette im Rekorder war mittlerweile wieder an den Anfang zurückgespult worden, er entnahm sie und steckte sie in die beschriftete Hülle. Nachdem er sie ins Regal zurück gestellt hatte, entnahm er demselben eine weitere Kassette, las kurz den Text auf der Hülle und stellte sie wieder zurück. Er war nicht in der Stimmung für eine Dokumentation über amerikanische Serienkiller, ebenso wenig über Informationssendungen zu den Wahlen im Jahre 1996. Warum die beiden, recht unterschiedlichen Themen, auf ein und demselben Band zu finden waren, wusste er auch nicht mehr. Entweder war auf dem Band noch Platz gewesen und er wollte kein neues beginnen, oder es war einfach keine leere Kassette mehr zur Hand gewesen. Seine Wahl fiel letztendlich auf eine TV-Aufzeichnung einer Wiedervereinigungsshow einer britischen Komikertruppe. Das waren noch Zeiten gewesen. Er legte das Band ein, der Rekorder erkannte es und der Bildschirm flimmerte kurz, bis die Spurlage passte. Er saß auf

[39]

seiner Bank und schenkte sich das Glas voll. Dann trank er, so wie jeden Abend, einen großen Schluck und stellte das Glas wieder zurück. Die Flasche würde er austrinken, bis dahin hatte er auch die notwendige Bettschwere, um sich aufzuraffen und ins Schlafzimmer zu gehen, nicht ohne vorher die Toilette aufzusuchen um gleich darauf seine Zähne zu putzen.

6- Ausradiert

23. September

Nachdem in den frühen Morgenstunden das Ausmaß der Katastrophe, durch die hellen Strahlen der Sonne den verbliebenen Bewohnern von Peking offenbart wurde, beginnen nun umgehend die Aufräumungsarbeiten. Ganze Straßenzüge wirken wie ausradiert und tiefe Krater prägen nun das Stadtbild. Von der Metropole, wie wir sie bisher kannten, scheint nichts mehr übrig zu sein. Was die Zerstörung ausgelöst hat, darüber diskutieren zurzeit noch die Experten. Ob es seismische Bewegungen im Inneren der Erde gewesen sind, ausgelöst durch einen atomaren Zwischenfall im Reaktor eines unterirdischen Kraftwerks oder um eine Naturkatastrophe steht noch nicht fest. Der Krisenstab der Regierung tagt seit vier Uhr früh Ortszeit und hat für den späten Vormittag eine Stellungnahme angekündigt.

Nach den Nachrichten musste er sich für die Nacht fertig machen. Er war ein achtjähriger Junge, seine Hobbies bestanden aus Lesen und Fußball, er war aber auch an Geschichte und Geographie interessiert. Er war anders als die anderen Kinder in seiner Klasse. Er konnte am besten Lesen, war immer als erster fertig mit seinen Aufgaben, träumte dann ein wenig vor sich hin, oder vertiefte sich in eines seiner Bücher, von denen er immer welche mit sich herum trug. Jetzt putzte er seine Zähne, wusch sich das Gesicht und zog sich seinen grün-blau gestreiften Pyjama an. Dann ging er in sein Zimmer, nahm sich ein Buch aus seinem Regal und kroch unter die Decke. Seine Mutter würde in einer Stunde das Licht löschen. Meistens schlief er da schon und träumte von fernen Ländern. Sie würde ihn zudecken, das Buch bei Seite legen und ihn auf die Stirn küssen.

17. Oktober

...stellt alles bisher Dagewesene in den Schatten. Die ursprüngliche Breite des Kanals ist auf ein vielfaches gestiegen. ...so ist es mittlerweile unmöglich, auch für geübte Schwimmer, vom einen, zum anderen Ufer des Kanals zu schwimmen. Panama scheint nun aus zwei, voneinander unabhängigen Halbinseln, zu bestehen. Kolumbien hat mittlerweile Besitzansprüche bezüglich des südlichen Teils von Panama angemeldet. Aus der Naturkatastrophe scheint nun also auch eine diplomatische zu werden.

In der Schule hatte er heute ein Gespräch zwischen zwei Lehrern belauscht. Nicht direkt belauscht, er hatte einfach zugehört. Sie unterhielten sich über Finnland und die Möglichkeit einer russischen Invasion, aus rein strategischen Gründen. Am Abend, noch vor dem Nachtmahl, schlug er die skandinavischen Länder in seinem Atlas nach. Er verbrachte einige Zeit, vertiefte sich in die Topographie der Skandinavischen Halbinsel. Fuhr mit seinem Finger die Flüsse nach und ließ seinen Blick nach Russland schweifen. Dann ging er in die Küche. Seine Mutter musste ihn in der Zwischenzeit wohl mehrmals schon zum Abendbrot gerufen haben.

[42]

1. November

Nachdem die neuen Gebirgszüge, sich allem Anschein nach über Nacht erhoben hatten, sind weite Teile Italiens im totalen Chaos versunken. Dort wo sich Städte im Flachland befunden haben, ragen nun Gesteinsmassen aus der Erde, grotesk gespickt mit Häusern und ganzen Straßenzügen, die sich bis vor kurzem noch an eben diesen Stellen befunden haben. Wie es zur Verschiebung der Bodenplatten hat kommen können, und vor allem wieso diese in einem so kurzen Zeitraum stattfinden haben können, darüber rätseln die örtlichen Behörden.

Das Gespräch mit seiner Lehrerin, war ohne großes Ergebnis zu einem abrupten Ende gekommen. Sein Vater hatte gemeint, dass er ohnehin seinem Alter weit voraus war, dass die anderen in seiner Klasse sich eher ein Beispiel an ihm nehmen sollten und nicht umgekehrt. Natürlich konnte es schon vorkommen, dass er manches Mal nicht ganz bei der Sache war, einfach nicht zuhörte. Das lag aber seines Erachtens daran, dass er unterfordert war. Er langweilte sich eben. Die Lehrerin war nun gefordert, den Unterricht für ihn dementsprechend zu gestalten, wozu hatte sie denn auch ihre Ausbildung gemacht. Nicht sein Sohn hatte ein Problem, sondern sie. Daheim hörte sich die Sache dann aber doch etwas anders an. Die Eltern zeigten natürlich Verständnis, wiesen ihn aber auch darauf hin, dass die Schule nun einmal seine Pflicht war, die er zu erfüllen hatte. Würde er das tun, hätten sie alle ihre Ruhe. Er überlegte sich, ob er etwas darauf sagen sollte, verwarf den Gedanken daran aber wieder, nickte nur kurz und ging dann auf sein Zimmer. Was nutzte es schon etwas zu sagen, wenn einen ohnehin niemand verstand.

[43]

19. November

Das Polareis scheint in diesem Jahr, allen Voraussagen zuwider, schneller als geplant geschmolzen zu sein. Ein geradezu beängstigender Anstieg des Meeresspiegels ist in der letzten Woche gemessen worden. Aus welchem Grund das Eis, vor allem in den letzten Novembertagen, äußerst schnell geschmolzen ist, wird derzeit noch untersucht. Experten gehen aber davon aus, dass sich die Situation in den nächsten Monaten stabilisieren wird. Angaben darüber, wann genau die Gefahr aber gebannt sein wird, wäre derzeit Kaffeesudleserei und äußerst unseriös, wird ein führender Wissenschaftler zitiert.

Das Gespräch, das sein Vater mit seiner Mutter führte, schien kein Ende zu nehmen. Es langweilte ihn, wie so viele Gespräche der beiden. Die Bankenkrise, die Finanzblase, alles Worte, die er nicht so recht verstand. Menschen verloren ihre Jobs, Familien ihre Häuser und er die Geduld. Er würde noch etwas lesen, bevor er zu Bett gehen würde. Die letzten Wochen waren anstrengend gewesen. Das Gespräch seiner Lehrerin mit seinen Eltern hatte die Stimmung daheim auch nicht gerade positiv beeinflusst. Er zog sich also lieber zurück, er wollte in seinem Zimmer sein, in seinen Träumen, dort wo er die Möglichkeiten hatte, Dinge zu beeinflussen, dort, wo die Dinge und Geschehnisse nicht ihn zu beeinflussen wagten. Er lag einige Zeit ausgestreckt auf seinem Bett und blickte zur Decke. Hatte er damals wirklich diesen unpassenden Farbton gewollt? Er konnte sich nicht mehr daran erinnern.

30 November

London existiert nicht mehr. Die Stadt scheint wie vom Erdboden verschluckt. Zahlreiche Kamerateams aus aller Welt sind heute Morgen an den Längen und Breitengraden, welche bis gestern noch die Europäische Metropole beheimatet hatten, eingetroffen um die verstörenden Bilder in alle Länder zu übertragen.

Der Junge ging in sein Zimmer. Er schob den Sessel, der vor seinem kleinen Schreibtisch stand zum Bücherregal. Neben einigen Erzählbänden, aus denen ihm seine Eltern kurz vor dem Schlafengehen immer wieder vorgelesen hatten, stand der in Leder gebundene Atlas, den ihm sein Vater von einer seiner Reisen mitgebracht hatte. In stillen Minuten wandte er sich immer der weiten Welt zu. Er blätterte dann vom Ural zum Grand Canyon, fuhr von London nach Schottland, bewegte seine Finger über die Alpen Richtung Süden, bog dann scharf nach links ab, ließ Frankreich hinter sich und fand sich in Spanien wieder. Aber nicht nur in seiner Vorstellung ließ er die Welt auf sich wirken. Er benutzte die bunt bedruckten Seiten auch als Vorlage für seine eigenen Veränderungen. Er zeichnete Städte, dort wo es keine gab und er ließ sie verschwinden, wo immer er es auch für sinnvoll empfand. Nachdem er gestern London ausradiert hatte, würde er sich heute an New York machen.

Sommer

AC/DC	*TNT, 1975*
	Dirty Deeds done dirt cheap, 1976
Ostbahn Kurti & die Chefpartie	*A blede Gschicht, 1992*
	½ so wüd, 1991
Creedence Clearwater Revival	*2-4 Album*
Ronnie Wood	*I´ve got my own album to do,1974*
The Rolling Stones	*Sticky Fingers, 1971*
	Exile on Main St, 1972
	Tattoo You, 1981
Jerry Jeff Walker	*alles von 72-82*
	Scamp, 1996
	Moonlight, 2009
Todd Snider	*Happy to be here, 2000*
	East Nashville Skyline, 2005
ZZ Top	*71-79*
	Mescalero, 2003
	La Futura, 2012

[47]

Springsteen	*73-78*
Kris Kristofferson	*This old road, 2006*
Jack Kerouac(+Al Cohn & Zoot Sims)	*Blues & Haikus, 1959*
Miles Davis	*Doo Bop, 1992*
Billy Joel	*Innocent man, 1983*
Billy Bragg & Wilco	*Mermaid Avenue, 1998*
Bob Dylan	*Infidels, 1983*
Blues	*Muddy Waters*
	Howlin Wolf
Chuck Berry	*Back Home, 1970*
	San Francisco Dues, 1971
Tom Petty	*Full moon fever, 1989*
	Into the great wide open, 1991
	Wildflowers, 1994
Chris Rea	*Stony Road, 2002*
Neil Young & Crazy Horse	Ragged Glory, 1990

7 – Sommerpause

...nach Diktat verreist.

Kurz nach sechs Uhr öffnete sie die Augen. Umgehend erhob sie sich, schlug die Decke zurück und setzte sich auf den Rand ihres Bettes. Sie schlüpfte in ihre Hausschuhe, stand auf, warf sich den Morgenmantel um und verließ ihr Schlafzimmer. Ihr erster Weg führte sie ins Bad. Nachdem sie ihren Stoffwechsel befriedigt hatte, wusch sie sich, putzte ihre verbliebenen Zähne und setzte die Prothese ein. Danach begab sie sich wieder in ihr Schlafzimmer, öffnete das Fenster, hing die zurückgeschlagene Bettdecke über die Fensterbank und schüttelte den Polster auf. Dann zog sie sich an. Die Kleidung hatte sie am Vorabend, aus bereits getragenen Stücken und frischer Unterwäsche zusammengestellt und vorbereitet. Nach dieser Morgenroutine ging sie in ihre Küche und stellte Wasser auf. Die Flamme des Gasherdes flackerte ein wenig im Luftzug, ob des offenen Schlafzimmerfensters. Aus der Brotdose holte sie den Marmorgugelhupf den sie zwei Tage zuvor gebacken hatte. Sie schnitt sich zwei dünne Stücke ab und wandte sich wieder dem Topf zu, in dem mittlerweile das Wasser kochte. Der Kaffee war schnell aufgegossen, sie machte sich etwa die Menge für zwei Schalen, eine zum Frühstück und eine für die Nachmittagsjause. Nachdem der Kaffee den Filter passiert hatte, stellte sie den Rest, der im Topf verblieben war in den Eiskasten, goss ihre Schale mit heißer Milch auf und rührte zwei Löffel Zucker in das Getränk. Dann setzte sie sich an den kleinen Küchentisch und verzehrte still ihr Frühstück. Es war jetzt kurz vor sieben Uhr. In einer viertel Stunde würde sie in der Küche stehen und das benutzte Geschirr

[51]

abwaschen, das dann in der Abtropftasse landen würde. Seitdem sie pensioniert war, liefen ihre Tage, einer wie der andere, nach derselben, peinlichst genauen Routine ab. Zwischen halb acht und acht, brachte sie Ordnung in ihre ohnehin penibel aufgeräumte Wohnung, schrieb sich eine Einkaufsliste für den Tag und machte sich auf den Weg, ihre wenigen Besorgungen zu erledigen. Davor aber suchte sie noch ihr Schlafzimmer auf, um das Fenster wieder zu schließen und ihr Bett zu machen. Unordnung ließ sie nie zurück, und auch das Wetter war manchmal unberechenbar.

Sie schritt die Regale ab, wusste genau wo etwas zu finden war und kaufte sonst nichts. Von Angeboten und Aktionen ließ sie sich nicht blenden und kaufte auch nichts, wenn es ihr einen Vorteil bringen würde. Keine Familienpackungen, keine zwei plus eins-Aktionen, immer nur ihre Klein- und Kleinstgebinde. Ein Achtl Butter, einen halben Liter Milch, fünf Deka Extra, fünf Deka Emmentaler, ein viertel Kilo Schnittbrot, sechs Eier und so weiter. Beim Gabelbissen hingegen, griff sie zur 3er-Packung. Der hielt sich ohnehin mehrere Tage im Eiskasten. Ein Gerät zur Kühlung ihrer Lebensmittel hatte sie sich erst in späteren Jahren zugelegt. Natürlich war es eine Erleichterung für sie gewesen, die sie jedoch immer noch nicht im kompletten Ausmaß nutzte. In den kalten Monaten des Jahres, stellte sie weiterhin, ihre leicht verderblichen Zutaten zwischen die Flügel ihrer Kastenfenster, um so etwas Strom, und in direkter Folge, Geld zu sparen. Ihre Wohnung heizte sie, wenn ihr kalt war und nicht automatisch wenn der Kalender dazu riet. Sie zog sich lieber ein Kleidungsstück mehr an, als den kleinen Ofen mit den Heizspiralen anzustecken. Wenn ihr Sohn auf Besuch kam, und das war lediglich zu den dafür vorgesehenen Terminen im

Jahreskreis, sich über die Raumtemperatur beschwerte, sagte sie nur, dass neben, ober und unter ihr, ohnehin geheizt würde, wozu sollte sie also selbst ihre karge Pension dafür aufwenden.

Ihr Mittagsmal bestand in der Regel aus Suppe. Am Sonntag kam ein Stück Fleisch auf den Teller, davon aß sie die Reste am Montag, unter der Woche, meistens mittwochs, gab es eine Mehlspeise, Grießschmarren oder sonst etwas, das leicht zuzubereiten war. Der Freitag brachte traditionell Fisch. Nach dem Mittagessen, setzte sie sich in ihren zerschlissenen Lehnstuhl, der aber, durch einen Überwurf wieder etwas hermachte. Einen neuen konnte sie sich nicht leisten und wozu auch, die wenigen Jahre, die ihr noch bleiben würden, rechtfertigten diese Investition in keinster Weise; sie sah es zumindest so. Die Zeit am frühen Nachmittag, in ihrem Stuhl sitzend, nutzte sie für einen kurzen Mittagsschlaf um dann, leise und flink, zum Altpapiercontainer im Hof des alten Hauses zu gehen, um weggeworfenen Zeitungen und Zeitschriften zu holen. Die Nachrichten vom Vortag waren für sie genau so aktuell, als wären sie vom selben Tag. Sie blätterte sich durch das Weltgeschehen, schüttelte dabei immer wieder den Kopf, trank den Rest ihres am Morgen aufgegossenen Kaffees, aß ein Stück vom Gugelhupf und legte die gelesenen Blätter danach in ihr Vorzimmer. Am nächsten Tag würden sie dann wieder an ihren ursprünglichen Platz im Container landen. Sie hatte ihre Routine, der Tag seinen Ablauf und sie hatte ihre Prinzipien. Ordnung musste sein. Was sie nicht verstand, waren Menschen, die sich gehen ließen. Etwa der ältere Herr, der zwei Türen weiter wohnte, nicht nur einmal hatte sie ihn am Nachmittag im Pyjama die Post holen sehen. So etwas war für sie unvorstellbar. Die Post nahm sie jeden Tag nach ihren Einkäufen aus dem Kasten. Sie bestand in der Regel aus Postwurfsendungen, Reklame und vereinzelt Rechnungen. Die Rechnungen sammelte sie und trug, nachdem sie ihre Pension am Ende des Monats bekommen hatte, den Stapel zur Bank um ihre Zahlungen zu tätigen. Den Mietzins, hatte sie, bis vor kurzem, noch in bar bei der Hausmeisterin abgegeben. Seitdem es aber keine mehr gab, gab es auch niemanden, der die Miete kassierte. Ein weiterer Erlagschein also, ein weiteres, in ihren Augen, suspektes Blatt Papier.

Am späten Nachmittag begann sie den folgenden Tag zu planen. Was würde getan werden müssen, was erledigt. Ihre Wäsche wusch sie einmal in der Woche im Badezimmer, hing sie dann ebendort an Leinen, die sie quer durch den Raum gespannt hatte auf, um sie am nächsten Tag abzunehmen, zu bügeln und wegzuräumen. Kurz vor sieben ging sie in ihre Küche und richtete sich die Bestandteile ihres Nachtmahls. Ein Gabelbissen, eine Scheibe Brot und ein kleines Glas Bier. Damit setzte sie sich in ihren Wohnraum und schaltete das Fernsehgerät ein. Sie sah Wien Heute, während sie den Gabelbissen, abwechselnd mit dem Brot verzehrte. Dann wartete sie auf die Zeit im Bild. Diese würde ihren Tag beschließen. Nach dem Wetterbericht schaltete sie den Fernseher wieder ab, trug ihr Geschirr in die Küche, spülte es und begab sich ins Badezimmer, um sich für das zu Bett gehen zu recht zu machen.

9 – Und dann gabs keine mehr

Erster Tag

Nachdem er ein ausgiebiges Bad genommen hatte, setzte er sich auf die Couch in seinem Wohnzimmer und schaltete den Fernseher ein. Irgendeine beliebige Samstagabendshow lief, somit hatte er nicht die Verpflichtung konzentriert auf den Schirm zu blicken. Das Glas mit Wein stand auf dem Beistelltisch, daneben das Airpack mit Popcorn, eine außergewöhnliche Erfindung; es gab jetzt also auch schon offiziell Luft zu kaufen. Er holte den Nagelzwicker aus dem Bademantel, den er trug und begann, seine Fußnägel zu kürzen. Er tat das immer nachdem er ein Bad genommen hatte. Die Nägel waren einfacher zu knipsen. Seine Freundin fand es ekelhaft, wenn er neben ihr mit seinen Keratinteilen herumwerkte, wenn sie durch den Raum flogen und auf ihr landeten, während er seine Pediküre durchführte. Heute war es einfacher, sie war nicht da, hatte ein einwöchiges Seminar in Berlin und war vor zwei Tagen abgereist. Er knipste seine Nägel nie zu kurz. Früher hatte er sie knapp bis zum Nagelbett geschnitten, bis ihm einer eingewachsen war, seitdem ließ er sie etwa drei bis vier Millimeter darüber stehen. Er hatte den linken Fuß hinter sich gebracht und war nun bei der kleinen Zehe des rechten angelangt. War er durch den Fernsehapparat abgelenkt oder war es einfach nur eine kurze Unachtsamkeit gewesen, jedenfalls schnitt er sich in die kleine Zehe seines rechten Fußes. Es blutete ein wenig und das abgezwickte Teil hing noch am Nagel. Er riss es einfach ab, ärgerte sich kurz, wischte das Blut vom Nagelbett und vergaß den Zwischenfall aber auch wieder so schnell, wie es geschehen war. Dann lehnte er sich zurück, nahm

[55]

einen Schluck Wein und öffnete die Packung mit Popcorn. Dann widmete er sich ausschließlich dem Hauptabendprogramm.

Zweiter Tag

Am nächsten Morgen hatte er verschlafen. Er sprang aus seinem Bett, zog sich in Windeseile an, ließ das Zähneputzen sein und verließ mit eiligen Schritten seine Wohnung. Er hastete in die Arbeit, versäumte zu seinem Leidwesen auch noch den Zug und verlor, als er dabei war ihm nachzulaufen, auch noch seinen rechten Schuh. Als er am frühen Abend wieder daheim war, bemerkte er, dass sein Radiowecker ausgesteckt war. Wie es dazu hatte kommen können, war ihm ein Rätsel. Womöglich war er beim Staubsaugen an das Kabel geraten und hatte es unbemerkt aus der Steckdose gezogen. Er verband seinen Wecker nun also wieder mit dem Stromnetz und stellte die Uhrzeit ein. Dann nahm er eine kurze Dusche, holte sich ein Bier aus dem Eiskasten und setzte sich vor den Fernseher. Der Tag war hektisch genug gewesen, jetzt war es an der Zeit um zu entspannen. Seine Tage als Strohwitwer zu genießen. Um zehn Uhr machte er sich auf den Weg in sein Schlafzimmer. Er legte sich hin, löschte die Lampe neben seinem Bett und schlief unverzüglich ein.

Dritter Tag

Es regnete. Die Wolken am Himmel verdeckten die Sonne und entleerten sich mit einer Vehemenz, die ihresgleichen suchte. Er hatte seinen Schirm bei sich, der das Gröbste von ihm fern hielt, jedoch leisteten die Windböen konsequent Widerstand. Als er

[56]

endlich an der Bahnstation angekommen war, tropfte das Wasser von seinem Kinn und er musste sich den Regen aus seinen Augen wischen. Seine Hosenbeine waren durchtränkt und seine Schuhe gaben bei jedem Schritt, ein fast schon unanständiges Geräusch von sich. Sie waren innen ebenso nass wie an der Außenseite. Im Büro entledigte er sich ihrer, stellte sie neben den Heizkörper und versteckte seine Beine unter seinem Schreibtisch. Die Situation war ihm etwas unangenehm. Er hatte es nie geliebt aufzufallen und er würde auch heute nicht damit beginnen wollen. Sein Heimweg gestaltete sich dementsprechend unangenehm. Seine Socken waren im Laufe des Tages getrocknet, seine Schuhe aber, waren feucht geblieben. Der rechte Schuh ließ sich leicht überstreifen, der linke, er musste also feuchter sein als der andere, schien ein wenig widerspenstiger. Während der Heimfahrt las er eines der beiden Gratisblätter, die den Waggon und die Gehirne so vieler hier verschmutzten. Gegen den inhaltlichen Schwachsinn war er immun, gegen die Langeweile, die ihn auf dem Heimweg überkam nicht, so blätterte er durch die Zeitung mit den bunten Bildern, den großen Schlagzeilen und den kurzen Texten.

Vierter Tag

Als er an diesem Tag aus dem Bett stieg, kippte er beim ersten Schritt nach rechts und konnte sich gerade noch am Bücherregal abfangen. Er schüttelte kurz seinen Kopf und war sich nicht sicher, was gerade passiert war. Der nächste Schritt brachte keine neue Erkenntnis, doch als er wieder seinen rechten Fuß auf den Boden setzte, einen weiteren Schritt tun wollte, bemerkte er, dass der Halt, den er sonst beim Gehen hatte, auf seiner rechten

[57]

Seite sehr zu wünschen übrig ließ. Er blickte zu Boden und traute seinen Augen nicht. Sein rechter Fuß, an dem normalerweise fünf kleine Zehen zu sehen waren, hielt nur noch zwei dieser Dinger für ihn bereit. Es fehlten ihm die restlichen drei. Noch im Schock rief er im Büro an und meldetet sich krank. Er würde heute zuhause bleiben, er musste seine Gedanken ordnen. Ein weiterer Blick zu seinem rechten Fuß bestätigte, dass er wach war und nicht geträumt hatte. Drei Zehen fehlten.

Fünfter Tag

Der Arzt hatte sich zwar seinen rechten Fuß angesehen, an dessen Ende nur noch die große Zehe vorhanden war, wusste aber auch keinen Rat. Es gab keinerlei Narben, keine offenen Stellen, keine blutverkrusteten Schnitte, einfach nichts, als wäre dieser Fuß immer schon so gewesen. Als hätte es niemals fünf Zehen an ihm gegeben. Er hinkte leicht, als er sich auf den Heimweg machte. Heute würde Karolina nachhause kommen. Wie sollte er ihr das erklären. Sie kannte ihn ja, sie kannte seine Füße und sie würde sofort bemerken, dass etwas nicht stimmte. Vor ihr, konnte er nichts verheimlichen. Er kaufte die üblichen Willkommensutensilien, Blumen, eine Flasche süßen Sekt, etwas Obst. Das Wetter war heute gnädiger zu ihm. Die Sonne stand am Himmel und so warf er, humpelnd und verwirrt, seinen Schatten am Gehweg. Angekommen, flüchtete er sich in eine Routine der Vorbereitung, stellte den Sekt kalt, die Blumen in eine Vase, diese auf den Tisch im Wohnzimmer, wusch das Obst und ging unter die Dusche. Er vermied es beim Abtrocknen, seinen rechten Fuß eines Blickes zu würdigen, und zog sich, mit gedanklicher Distanz, seine Socken als erstes an. Nachdem er sich bekleidet hatte, sah

[58]

er auf die Uhr. Es war knapp vor vier. Karolina würde in einer Stunde die Wohnungstür aufschließen. Diese Zeit wollte er nutzen um ein wenig Ordnung zu machen. Dazu sei gesagt, dass es, im Eigentlichen, keinerlei Unordnung zu beseitigen gab. Er war im Grunde, ein sehr ordentlicher Typ. Nachdem er das Wohnzimmer gesaugt hatte, machte er sich ins Schlafzimmer auf, der Abend würde dort enden, somit war es für ihn nur logisch, auch dort noch nach dem Rechten zu sehen. Er steckte das Kabel in die Steckdose und saugte den Teppichboden vor dem Bett. Dann kniete er sich nieder um auch unter dem Bett, die wenigen Staubpartikel zu entfernen. Der Sauger machte weiterhin sein Geräusch, doch er selbst war erstarrt. Unter dem Bett, unter seiner Matratze, lagen seine vier Zehen. Sie waren angeordnet wie die Augen eines Würfels, der die Zahl Vier zeigte. Mit klammen Fingern holte er sie, eine nach der anderen hervor und legte sie auf die Tagesdecke, die er immer, nachdem er seine Seite des Betts gemacht hatte, darüber schlug. Ob man sie wieder annähen konnte? Er hielt kurz inne und schaltete den Staubsauger ab. Was sollte er jetzt tun? Er würde sie kühl halten müssen, also im Eiskasten verwahren. Das Gemüsefach war eine Möglichkeit. Er stand auf und nahm die vier Zehen in seine Hand. Da hörte er wie die Tür ins Schloss fiel. Er hatte keinerlei Zeit um seine wertvolle Fracht in die Küche zu bringen, das einzige, das ihm als Lösung einfiel, war sein Nachtkästchen. Er öffnete die oberste Lade und warf die körperlichen Kleinteile hinein.

Sechster Tag

Müde und erschöpft wachte er auf. Karolina hatte die gemeinsame Wohnung schon verlassen, sie würde heute zu ihrer

[59]

Mutter auf dem Land fahren und erst spät abends wieder heimkommen. Das verschaffte ihm ein gewisses Maß an Spielraum. Er drehte sich zur Seite und öffnete die oberste Lade seines Nachtkästchens. Es war leer. Dort, wohin er am Vortag seine vier Zehen gelegt hatte, war lediglich das Buch, das er schon vor mehreren Monaten zu lesen begonnen hatte. Er hob es hoch, vielleicht waren sie ja darunter gerollt, aber nichts, keine Spur. Möglicherweise war alles doch nur Einbildung gewesen, möglicherweise hatte er seine Zehen gar nicht verloren. Er zog sein rechtes Bein unter der Decke hervor, um sich zu vergewissern, dass die Ereignisse der letzten Tage nur ein böser Traum gewesen waren und stutzte. Sein rechter Fuß hatte nun gar keine Zehen mehr. Der letzte verbliebene, der große Zeh, war auch verschwunden. Kraftlos ließ er seinen Kopf auf den Polster sinken. Was war los mit ihm? Wie konnte so etwas geschehen? Es konnte gar nicht geschehen, es war unmöglich. Genauso, wie der Arzt es ihm gesagt hatte, seine Zehen fehlten ihm nicht erst seit ein paar Tagen. Da fiel ihm ein, wo er sie zum ersten Mal entdeckt hatte. Er glitt aus dem Bett, hinunter auf den Fußboden, und da sah er sie. In der Mitte der große Zeh, ringsherum die vier anderen. Und es schien, als würden sich die vier, vor dem großen ein wenig verneigen.

Siebenter Tag

Er ging wieder zur Arbeit. Er versuchte sich im Alltag zu verlieren. Das gelang ihm aber nur mäßig, andauernd musste er an seine Zehen denken. Mittlerweile waren es sechs unter seinem Bett. Der rechte Schuh saß nicht mehr wie angegossen, er hatte ihn mit Zeitungspapier ausstopfen müssen, und er musste sich arg

[60]

konzentrieren, wenn er nicht auffallen wollte. Sein rechtes Bein kippte bei jedem Schritt ein wenig nach vorne, es sah fast so aus, als würde er gleich hinfallen müssen. Daheim war seine neu erworbene Anomalie noch nicht aufgefallen. Er ging schon früh alleine ins Bad, trug die ganze Zeit über Socken und streifte diese erst, nachdem das Licht im Schlafzimmer gelöscht worden war, ab.

Achter Tag

Wieder fehlte ein Zeh. Sein linker Fuß bot nun ein groteskes Bild. Neben dem großen Zeh, klaffte ein zwei Zehen starker Freiraum. Glück im Unglück, dachte er bei sich, als er ins Badezimmer ging. Dadurch, dass zwei Zehen zwischen den anderen fehlten, konnte er wenigstens halbwegs normal seinen linken Fuß gebrauchen. An das Ausbalancieren, wenn er mit seinem rechten Fuß auftrat, hatte er sich mittlerweile gewöhnt. Er hatte eine Gangart entwickelt, die es ihm erlaubte, nicht ein allzu eigenartiges Schauspiel zu vollführen, wenn er sich fortbewegte. Zumindest dachte er sich das. Ob ihm jetzt jemand nachsah, wenn er den Weg zu seinem Arbeitsplatz zurücklegte, konnte er nicht eindeutig beantworten. Er bemerkte zumindest nichts, keine verstörenden Blicke von Passanten und im Büro selbst, hatte ihn bisher auch noch niemand darauf angesprochen. Ob es nun daran lag, dass niemand den Mut aufbrachte und hinter vorgehaltener Hand trotzdem über ihn und sein neues Auftreten gesprochen wurde, oder ob ihn niemand so genau im Blick hatte, war eigentlich egal. Er wollte sich nicht rechtfertigen, es sollte sich niemand in seine Angelegenheiten einmischen, das war alles. Daheim verbrachte er die meiste Zeit im Sitzen, mit dicken

Wollsocken an seinen Füßen, die nicht darauf schließen ließen, was sich unter ihnen verbarg, beziehungsweise was fehlte. Seine eigenen Gedanken jedoch, kreisten um nichts anderes.

Neunter Tag

Ein Blick unter das Bett bestätigte seine Befürchtung. Dort waren alle Ausreißer versammelt. Die Anordnung, in der sie die letzten Tage verbracht hatten, war mittlerweile geändert worden. Das Schauspiel wirkte nun wie eine strategische Aufstellung, kurz vor einer Schlacht. Die große Zehe des rechten Fußes stand aufrecht, der Nagel selbst, der in der Zwischenzeit wohl weitergewachsen war, wirkte nun, mit seinen Zacken, wie eine Krone. Davor stand eine Reihe, bestehend aus den vier weiteren Zehen seines Fußes. Der Gegenüber, standen die drei Zehen seines linken Fußes, in der Mitte der große Zeh, links und rechts davon, die beiden übrigen. Am Fuß selbst, waren ihm der kleine und sein Nachbar verblieben. Es war also an der Zeit, sich ein neues Gangmuster zurechtzulegen. Der Tag verlief unspektakulär. Er saß seine Zeit ab, eilte dann, etwas humpelnd, nachhause und sah, nachdem er seine Überbekleidung abgelegt hatte, erst einmal unter sein Bett. Dort musste in der Zwischenzeit so etwas wie eine Schlacht stattgefunden haben. Auf beiden Seiten schien es, als würden Verletzte versorgt und einige rote Flecken auf dem Teppich, deuteten auf den einen oder anderen Blutverlust hin. Er war sich nicht sicher, ob er diese surreale Szene nur träumte, oder ob sie sich vor seinen Augen wirklich so abspielte. Da hörte er wie sich der Schlüssel im Schloss der Wohnungstür drehte und die Türe geöffnet wurde.

Er hatte es noch nie leiden können, wenn jemand für ihn Entscheidungen traf. Der Entscheidungsrahmen des Durchschnittsbürgers war ohnehin eng bemessen. An diesem Morgen führt ihn sein erster Weg in die Küche. Er kramte in den Laden, in denen er die üblichen Utensilien der zivilisierten Menschheit aufbewahrte, die im Laufe der Jahre seiner Tätigkeit als Hobbykoch, ihren Weg in sein Refugium gefunden hatten. Zwischen Kochlöffel und Schneebesen lag sie. Ein Weihnachtsgeschenk von Karolina. Er hatte sie vor knapp zwei Jahren zum Fest erhalten und sie seither lediglich zweimal benutzt. Heute würde es das dritte Mal werden. Er nahm sie an sich und begab sich in das Badezimmer. Dort setzte er sich auf den Rand der Wanne und legte das linke Bein auf seinem rechten Oberschenkel ab. Er betrachtete seinen Fuß. Dort, wo bis vor kurzem noch seine Zehen gewesen waren, war nun nichts mehr. Lediglich der kleine Zeh stand vom Mittelfuß ab. Alleine und zurückgelassen von seinen Kameraden, die sich zur selben Zeit heftigste Gefechte unter seinem Bett lieferten. Er öffnete den Verschluss der Geflügelschere, setzte die Schneide am unteren Ende seines Zehs, das diesen mit seinem linken Fuß verband an, und ließ die Schere zusammenklappen.

Herbst

Duo Karl Hodina	*Strassenmusikant, 1971*
Jerry Lee Lewis	*Country memories, 1977*
The Beatles	*Rubber Soul, 1965*
	Revolver, 1966
Kinks	*Arthur, 1968*
	Lola, 1970
Van Morrison	*Philosophers stone, 1998*
	Back on top, 1999
Costello	*When i was cruel, 2002*
	Blood & choclate, 1986
The Who	*Who´s next, 1971*
	Who are you, 1978
Madness	*The liberty of Norton Folgate, 2009*
Tom Waits	*Alice, 2002*
Lou Reed	*New York, 1989*
	Set the twillight reeling, 1996

10 – Die Frisur sitzt

Der erste Regen im kalten Herbst. Eigentlich ist es schon kühler als es sein sollte. Dem Herbst ist das aber gleich. Mit Kälte oder ohne. Und heute regnet es auch noch. Die Kinder holen die Gummistiefel raus und stapfen so zur Schule, beziehungsweise zum Kindergarten. Natürlich lassen sie keine Lacke aus. Ebenso wenig die Autofahrer. Als gäbe es etwas zu gewinnen, ein Wettbewerb sozusagen, schneiden sie jede Lacke zwischen Randstein und Fahrbahn genau im richtigen Winkel an. Nämlich in jenem, der das Wasser genau auf meine Hose spritzen lässt. Gut, die Fersen meiner Schuhe haben schon fleißig Vorarbeit geleistet, haben mit jedem Schritt meine Hosenbeine zumindest bis auf Wadenhöhe befeuchtet und mittlerweile sind diese durchtränkt. Aber besser als Schneematsch, sag ich da ganz ehrlich, denn der macht diese weißen Salzflecken, die aus schwarzen Jeans nicht ohne große Bemühungen zu entfernen sind, wenn überhaupt. An der Bahnstation versuchen sich die meisten im Wartehäuschen unterzustellen. Die, die es nicht schaffen, stehen unter ihren Schirmen und warten auf den Zug. Die Minuten dauern in solchen Fällen aber länger als sonst. Mindestens doppelt so lange. Dopplereffekt quasi. Fährt der Zug dann ein, kann man die Wartenden in zwei Gruppen teilen. Die Schlaumeier und die Eiligen. Die Eiligen sind jene, die umgehend zum Einstieg stürmen, um möglichst schnell aus dem Regen in den Waggon zu gelangen. Das führt dazu, dass sich vor den Einstiegen eine Traube bildet, die vorerst einmal die Aussteigenden vorbei lassen muss, da es sonst für sie keine Möglichkeit zum Einsteigen gibt.

[67]

Sie kennen das ja. Und die die warten, stehen erst wieder im Regen. Die Schlaumeier bleiben vorerst im Wartehäuschen und verweilen dort so lange geduldig, bis sie ihre Chance sehen und sich auf den Weg machen können. Also den richtigen Zeitpunkt abwarten, zu dem man sich in Bewegung setzt mal der Strecke zum Einstieg, durch die Anzahl der noch Wartenden mal der Einstiegsgeschwindigkeit selbiger. Sind dann alle eingestiegen, natürlich nicht ohne den Schirm vorher auszuschütteln (vorausgesetzt es handelt sich um einen Schirmträger bzw eine Schirmträgerin), der im Zug dann trotzdem munter vor sich hin tropft, befindet man sich in einer Selbsthilfegruppe für Niederschlagsopfer. Man hört die ersten Worte, in etwa „Grausliches Wetter" oder „Es is a Wahnsinn". Natürlich, so wie es ist, passt es ja selten. Die Fenster sind beschlagen ob der überdurchschnittlich hohen Luftfeuchtigkeit der Passagiere und der überdurchschnittlich niedrigen Temperaturen an der Außenseite. Die Kleidungsstücke, beziehungsweise Häupter derer, die keinen Regenschirm, eine Wetterhexe oder zumindest eine Kapuze ihr Eigen nennen können, geben Unmengen an Feuchtigkeit ab. Das aber, hat wiederum den Vorteil, dass, sind Kinder anwesend, diese dann munter darauf loszeichnen. Im elterlichen Auto ist das ja strengstens verboten. Der Vater meint: „Hörts auf, das bleibt". Ob es das wirklich tut, sei dahingestellt. Hat die eigene Kleidung, samt Innenfutter und Körper, genügend Feuchtigkeit aufgenommen, ist die Station erreicht, an der man aussteigen muss. Es regnet noch immer. Und es ist kalt. Die kurze Zeit des Aufwärmens ist vorbei und es scheint nur einen Grund zu geben, warum Züge in der kalten Jahreszeit beheizt werden. Durch die höhere Raumtemperatur im Inneren des Waggons, spürt man die Kälte nun doppelt so stark. Zusätzlich dazu ist man durchnässt, und mit ein wenig Glück und den entsprechenden

Graden an Außentemperatur, beginnen Teile der Kleidung zu frieren. Man fühlt sich wie in Beton gegossen. Nicht, dass sie nun glauben, man kann wenigsten jetzt seine Körpergrenzen wahrnehmen, die sind längst verschwommen und Teil des Mantels oder der Jacke geworden, die man gerade trägt, oder umgekehrt. Glaubt man der Werbung, sitzt wenigstens die Frisur.

Eine besondere Atmosphäre herrscht in etwa um die Morgenzeit. Wenn um halb acht die Sonne den Tag mittlerweile erhellt, ein diffuses Licht spendet, weil der Frühnebel immer noch über den Gassen liegt. Es darf natürlich nicht zu dichter Nebel herrschen. Ich spreche von jenem, der immer ein wenig vor einem liegt, man sieht die Hand zwar vor Augen, die nächste Ecke aber schon nicht mehr. Und mit jedem Schritt scheint es, als würde er flüchten, der Morgennebel, selbst einen Schritt zurückweichen, sich der eigenen Geschwindigkeit anpassen. Grundsätzlich ist der Nebel ja nichts anderes als Wolken, nur eben nicht am Himmel, sondern in Bodennähe, quasi verstoßene Wolken, die jetzt, in der Zeit vor Weihnachten, auf Erden herumwandeln müssen, wodurch sie erlöst werden; ich weiß es nicht. Eine essentielle Frage, das sowieso, Erlösung und woher sie kommen mag, vor allem. Aber ich schweife ab. Die mir persönlich sympathischere Form des Nebels, ist jene, die am Abend beziehungsweise in der Nacht auftritt, in Verbindung mit der sogenannten Nebelnässe. Im Grunde ist die Nebelnässe nichts anderes, als Niederschlag. Die großen Tropfen im Nebel lassen sich fallen. Daraus kann dann eine dünne Eisschicht entstehen, ist es auch kalt genug; Stichwort: gefrierender Bodennebel. Aber auf diese Bösartigkeiten werden wir hier nicht weiter eingehen, wir widmen uns dem Vorhof. Jenem Vorhof, den die Straßenbeleuchtung verliehen bekommt. Ihr Schein ist wesentlich eingeschränkt, jedoch im direkten Nahbereich der Lichtquelle umso beeindruckender. Als würde eine Art Zauber von dieser

[70]

elektrischen Lichtquelle ausgehen. Wie das wohl bei Gaslaternen ausgehen haben mag? Aber es muss wohl so ähnlich ausgesehen haben, wie jetzt gerade. Der Gehsteig scheint zu glitzern, die Straße liegt im Dunkeln, lediglich ein zarter Schein geht von den, in Sichtabstand aufgestellten Straßenlaternen aus. Es ist kalt, aber nicht ungemütlich. Es könnte viel schlimmer sein. Es ist sozusagen das Vorprogramm zur Adventzeit, wo die letzten Nachzügler darüber informiert werden, dass sich das Jahr nun in die Zielgerade begibt. Es ist noch Herbst, obwohl viele, ob der niedrigen Temperaturen schon im Wintermodus sind. Doch die wirklich kalte Jahreszeit kommt erst noch. Wenn der Weihnachtskarpfen verspeist, die Silvesterraketen verschossen und der Kater am ersten Tag des kommenden Jahres wieder vergessen ist, genauso wie die Neujahrsvorsätze, erst dann wird es kalt bleiben. Wenn der Nebel über schneebedeckten Feldern liegt, wenn die Stadt in ihren Mauern die Kälte gespeichert hat und die wenigen Sonnenstrahlen den Tag erhellen aber eben nicht wärmen. Aber daran denken wir noch nicht, wenn wir, gerade vom Zigarettenautomaten heimgekehrt sind, noch einen Blick zur nächsten Laterne werfen, bevor wir den Haustorschlüssel ins Schloss stecken und zweimal nach rechts drehen. Wenn alles glatt geht, gibt es eine Vorwarnphase, die Jahreszeiten halten, sind sie gnädig, Informationsveranstaltungen für uns ab, um uns auf ihre jeweiligen Nachfolger aufmerksam zu machen. Gut, es gibt den Klimawandel, den klammern wir aber jetzt aus, wir schreiben uns hier eine schöne und vorhersehbare Welt herbei, ok. Und der Nebel hat natürlich für jede Lebenslage etwas zu bieten, also für jeden Geschmack ist da etwas dabei. Frühnebel, Bodennebel, Nebel bei Nacht, dichter Nebel auf der Autobahn, oder aber auch, am ersten November, an jenem Tag, an dem der traditionsbewusste Österreicher seine Lieben am

[71]

Friedhof besucht, Nebel über den Gräbern. Dieser darf natürlich nicht all zu dicht sein, ist die Inschrift am Grabstein ja sonst nicht zu entziffern. Der geübte Friedhofsbesucher aber, weiß ohnehin blind, wohin er muss. Gruppe 5, Reihe 4, Top 17.

Die Nacht war dunkel und kalt. Das Dunkel war natürlich nicht zu vergleichen mit dem Dunkel in ländlichen Gebieten, für eine Stadt aber war es stärker als sonst. Natürlich säumten die Straßenzüge die üblichen Laternen, die einige Meter weit, ihre Strahlkraft entfalteten, doch heute schien es, als würden sie nur mit halber Kraft leuchten. Es war die Weihnachtsnacht. Und es schneite. Die Temperaturen waren seit einigen Tagen konstant knapp unter dem Gefrierpunkt und die Straßen, mit Regelmäßigkeit von Schnee bedeckt. Tagsüber herrschte hektischer Trubel, aber des Nachts schien Weihnachtsfriede die Szene zu bestimmen. Vereinzelt waren Motoren zu hören, die einige Straßen weiter um die Ecke bogen und in der Ferne immer leiser wurden. Spaziergänger gab es um diese Zeit keine mehr. Die meisten Menschen der kleinen Stadt lagen in ihren Betten und schliefen sich dem Weihnachtsmorgen entgegen. Einige wenige saßen vor dem Fernseher oder hatten sich in ein Buch vertieft, um die notwendige Müdigkeit herbei zu lesen. Die Vorweihnachtszeit war, wie jedes Jahr, eine Mischung aus Vorfreude, Hektik und Melancholie gewesen. Eine Zeit der Warteschlangen an den Registrierkassen, der Treffen an den Punschständen und des Kopfzerbrechens, wem man wohl welches Geschenk besorgen sollte. Es war eine völlig normale Adventszeit gewesen. Die dafür typischen Märkte waren gut besucht, die Händler zufrieden und die Besucher konnten mit ihren Einkäufen den Gabentisch füllen. Viele der Bewohner in den Häusern hatten Anfang Dezember die Weihnachtsdekoration reaktiviert, die Fenster waren

[73]

geschmückt, die Vorgärten von elektrischen Weihnachtslichtern erhellt worden und vieles mehr trug zum weihnachtlichen Idyll in der kleinen Stadt bei. Die Stadtverwaltung hatte dieses Jahr besonderen Wert auf die Dekoration der Straßenzüge gelegt, das Budget dafür war im letzten Jahr knapp verdoppelt worden, sodass niemand den weihnachtlichen Glanz missen würde. Auch die Kinderstation im Krankenhaus des kleinen Städtchens war weihnachtlich geschmückt worden. Kein Kind sollte zu dieser Zeit des Jahres nicht die friedliche Atmosphäre, die in der ganzen Stadt vorherrschte, spüren. An den Fenstern waren Sterne angebracht worden, die Wände wurden, trotz widersprechender Feuerbestimmungen mit Tannenzweigen geschmückt und die Schwestern trugen, anstatt ihrer üblichen Hauben, rote Zipfelmützen; nicht alle, Schwester Irmgard hielt an ihrer gestärkten Stationsschwesterntracht eisern fest, Ordnung musste nun mal sein, auch zu Weihnachten. Sie ließ es sich aber trotzdem nicht nehmen, eine Anstecknadel in Form eines Mistelzweiges zu tragen, denn sie hatte sehr wohl, trotz ihrer Disziplin und ihres manchmal barschen Auftretens, ein gutes Herz. Alle Kinder schliefen mittlerweile tief und fest in ihren Krankenhausbetten, mit einem Lächeln der Vorfreude auf das nahende Weihnachtsfest. Es waren so gut wie alle Kinderkrankheiten vertreten, zwei gebrochene Beine, eine Platzwunde am Hinterkopf, sowie mehrere leichtere Infektionen, die der Jahreszeit geschuldet waren. Marta lag mit einem Gips, den sie heute bekommen hatte, in ihrem Bettchen und schlief. Ihr Bruder war einfach zu schnell für sie gewesen. Wie so oft, waren sie um die Wette, die Stufen vom ersten Stock ihres Hauses in das Wohnzimmer hinuntergestürmt und Marta war dabei gestolpert. So hatte sie sich kurz vor Weihnachten ihr rechtes Bein gebrochen. Einige Tränen waren vergossen worden, doch der

Schmerz verflog und Marta dachte schon jetzt daran, wie sie dieses Abenteuer nach den Weihnachtsferien ihrer Klasse erzählen würde. Morgen würde sie nach Hause dürfen, für heute Nacht hatte sie aber hier bleiben müssen. Neben ihr lag ein Junge namens Oskar. Er fieberte schon seit Tagen und es schien, als wolle das Fieber nicht und nicht fallen. Er atmete schwer und von Zeit zu Zeit schreckte er auch hoch, nahm kurz seine Umgebung wahr und ließ dann wieder seinen Kopf auf den schweißnassen Polster sinken, um wieder in einen unruhigen Schlaf zu fallen. Oskar war vor einigen Tagen hier aufgenommen worden und seitdem besuchten ihn seine Mutter und sein Vater täglich. Natürlich waren sie besorgt, vor allem weil das Fieber nicht fiel, das zuvorkommende Personal jedoch, die vertrauenswürdige Stationsschwester und der gelassene Arzt, ließen ihre Sorge für kurze Zeit verschwinden. Seine Temperatur war heute wieder extrem gestiegen, daraufhin hatte Oskar ein fiebersenkendes Mittel bekommen. Nach dem Mittagessen, von dem er nur ein paar wenige Bissen zu sich genommen hatte, schlief er ein und wachte erst am späten Nachmittag wieder auf. Als er seine Augen öffnete, sah er seine Mutter an seinem Bett sitzen und ihn anlächeln. Oskar erwiderte das Lächeln und griff nach ihrer Hand. Dann aßen sie gemeinsam zu Abend und Oskars Mutter wartete, bis ihr Sohn eingeschlafen war, um wieder zu gehen. Das war vor mehreren Stunden gewesen. Jetzt standen die Zeiger der großen Uhr auf kurz vor Mitternacht. Nur das Nachtlicht verbreitete einen bläulichen Schein im Zimmer. Durch das Fenster sah man vereinzelt Sterne, der Himmel selbst war schwarz. Da erwachte Oskar. Er rieb sich die Augen und setzte sich auf. Sein Blick fiel zum Fenster hinaus und er begann die Sterne zu zählen. Es waren sieben oder acht, seine Augen mussten sich erst an das nächtliche Dunkel gewöhnen. Einer der Sterne aber leuchtete heller, als all die anderen. Ein Lächeln huschte kurz über Oskars Gesicht. Das musste der Weihnachtsstern sein. Der Stern, der einem zum Weihnachtsfest führte. Oskar schlug die schwere Decke zurück und ließ sich aus dem Bett gleiten. Er schlüpfte in seine Hausschuhe und ging um sein Bett herum, näher zum Fenster hin, um den Stern besser zu sehen. Es konnte kein Zweifel daran bestehen, das war der Weihnachtsstern. Oskar stand immer noch mit einem Lächeln vor dem Fenster, in seinem Pyjama mit den Piraten und Papageien. Dann drehte er sich zur Seite und ging mit kleinen Schritten auf die Türe zu. Im Stiegenhaus angekommen stieg er die Stufen hinab, eine nach der anderen, vorsichtig, sodass er nicht stolpern würde. Der Trakt der Kinderstation lag im zweiten Stock des kleinen Krankenhauses, für Oskar war es ein langer Weg. Ihm war heiß, das Fieber musste wieder gestiegen sein und es schien ihm, als würde ihm ein angenehmer und kühlender Luftzug entgegenströmen. Als er bei dem großen Tor angekommen war, dem Eingangstor, zögerte er kurz. War es in Ordnung, zu so später Stunde alleine hinaus zu gehen? Seine Eltern würden sich Sorgen machen, wenn sie darüber Bescheid wüssten. Sie würden es nicht erfahren, er würde zurückkommen noch bevor irgendjemand wach sein würde. Außerdem war es doch der Weihnachtsstern, das müssten sie doch verstehen. Oskar stemmte sich mit seiner ganzen Kraft gegen den rechten Flügel der Eingangstür und schaffte es damit, sie eine Spalt zu öffnen, den er nutzte um hindurch zu schlüpfen. Er blickte den kurzen Weg zur Straße entlang, es lag Schnee und er freute sich darüber. Das Lächeln in seinem Gesicht verstärkte sich und Oskar tat die Kälte der Weihnachtsnacht wohl. Dann blickte er wieder zu seinem Stern und schritt, kleine Tappser im Schnee zurücklassend, den Gehweg entlang. Der Stern zeigte ihm den Weg und Oskar ging durch die schmalen Gassen der Stadt, an den

[76]

Häusern, die vor weihnachtlichem Glanz erstrahlten, vorbei, immer den Blick zum Himmel gewandt, voller Freude und mit der unbändigen Kraft eines Entdeckers, der sein Ziel genau kannte, obwohl es vor ihm, noch nie jemand zu Gesicht bekommen hatte. Er war etwa eine gute Stunde unterwegs gewesen, es war mittlerweile der Weihnachtstag angebrochen, noch immer in das Dunkel der Nacht gehüllt und er verspürte, wie Müdigkeit in ihm hochkam. Er war fast bis an den Rand der kleinen Stadt gekommen, die Häuser hatten hier große Vorgärten in denen Elche, Weihnachtsmänner und Engel, beleuchtet vom elektrischen Licht der kleinen Lampen, leuchteten. Oskar wollte sich ein wenig ausruhen. Am Himmel sah er deutlich den Stern leuchten und am Ende der Gasse, die er entlang schritt, eine kleine, schneebedeckte Bank stehen. Nur ein paar Minuten, dachte er sich, der Stern würde auf ihn warten und so setzte er sich in die dünne Schneeschicht, lenkte seinen Blick abermals zum Himmel und schloss kurz die Augen, so schlief er ein.

Weitere erhältliche Titel:

Die Moral ist eine Hure

Eine Sammlung ungewöhnlicher Kurzgeschichten

Taschenbuch 2012

ISBN: 978-3-8482-1504-1

Hot Whiskey

Es stand derselbe junge Mann hinter dem Ausschank wie am Vortag und er begrüßte mich auch umgehend, als er in mir den Tölpel von gestern erkannte. „Ale?", war seine Frage, „Stout!", meine Antwort.

Taschenbuch 2014

ISBN: 978-3-7386-0774-1

Konrad & Elise

Ein Kinderbilderbuch über Glück, Tod, Schnipp-Schnapp und Kohlrabi zum Selberzeichnen.

Großformatiges Taschenbuch 2015

ISBN: 9-783738-650327

Simmering

Ein LokalkriminalRoman

Taschenbuch 2015

ISBN: 978-3-7386-0774-1

Das Mädchen das immer den Teig kosten wollte

Ein Kinderbuch vom Kochen und vom Kosten, inklusive Rezeptideen für Klein & Groß.

Großformatiges Taschenbuch 2016

ISBN: 9-783837-07704-9

All inklusive

Ein Urlaubsroman mit Kriminalfaktor, Ungereimtheiten und anderen Verwicklungen; tägliche Animation inklusive!

Taschenbuch 2016

ISBN: 9-7838370-7717-1

Olga, der Elch

Eine Erzählung für kleine und große Kinder.

Taschenbuch 2016

ISBN: 978-3-7412-9273-6

Blutiger Schnee

Ein Trashroman

Taschenbuch 2016

ISBN: 978-3-8370-5600-6

Semmelstein

Eine Erzählung für kleine und große Menschen.

Taschenbuch 2017

Ebenfalls erhältlich, die **SchneidaRomane**:

Mord am Möllplatz (2015) (vergriffen)

Endreinigung (2016) (vergriffen)

Familienaufstellung (2016) (vergriffen)

Sekundenschlaf (2016)

Untergrund (2016)

Eine Weihnachtsgeschichte (2016)

Eine Dame verschwindet (2017) (in Vorbereitung)

Wallfahrt (2017) (in Vorbereitung)

Finale (2017) (in Vorbereitung)

sowie

Kemmer ermittelt - der neue Heftroman

www.girmindl.at